Maryam Sachs

Ohne Abschied

Roman

Aus dem Französischen
von Eliane Hagedorn

Collection Rolf Heyne

Ich habe meine Begierden überlebt
Und meine Träume verlassen.
In hellsichtigem Zustand
Bleibt mir nichts, als zu leiden
Vor den Früchten meines leeren Herzens.

Puschkin

Tag Eins

Die Sterne.
Die Sterne bilden unsre Sinnesart
Sonst zeugte nicht so ganz verschiedene Kinder
Ein und dasselbe Paar

Shakespeare, König Lear

Ich wollte nie Autofahren lernen. Ich kann laufen, lange, sehr lange. Bis zum Überdruss, ohne zu ermüden. Wege des Lebens oder des Überlebens in die Unendlichkeit zeichnen, meine Fußspuren in allen Ländern dieser Welt hinterlassen, nur im eigenen nicht, denn ich bin im Exil. Ich kann den Bus, die Straßenbahn oder ein Taxi nehmen, wieder weiterlaufen, wenn ich den letzten Zug der Metro verpasse, wenn es zu früh oder zu spät ist. Ich kann die Stadt durchstreifen, mich von ihren Geheimnissen nähren, Tag und Nacht, so wie man, die Seele als einziges Gepäck, auf Reisen geht.

Zu alledem bin ich fähig und noch zu viel mehr, aber Autofahren, nein. Unmöglich. Die Aufmerksamkeit, die Konzentration, die ich aufbringen müsste, würden mich von all diesen kleinen himmlischen Zeichen ablenken, die es ausmachen, dass ein Leben nicht nur ein Leben ist, sondern eine Geschichte, eine wirkliche, reich an Figuren, an Begegnungen, an verbotenen Orten und auszutragenden Kämpfen. Denn die Schritte, die man an einem Abend scheinbar so zufällig oder ziellos macht, sind die bittersüßen Schätze unserer Existenz. Laufen ist meine Art, das Mysterium des Schicksals am Leben zu halten und nicht auszublasen wie eine Kerze, jene Kerze mit dem Duft der Nachthyazinthe, die bei mir unentwegt brennt – eine geheimnisvolle und wollüstige Erinnerung an meine verlorene Heimat. Ich ergötze mich an der kleinen Stimme, die mich auf diesem Weg begleitet, dieses Murmeln: »What if?« Und wenn ich diese Bar nicht betreten hätte? Wenn mein Blick in diesem Restaurant nicht dem seinen begegnet wäre?

Eine Stadt durchstreifen, ohne sich, wie der iranische Philosoph Dariush Shayegan schreibt, den drei sich überlagernden Herausforderungen – Verbot, Versuchung und Schönheit – zu entziehen. »Siehst du, du willst nicht erwachsen werden, denn du weigerst dich, unabhängig zu sein«, erklärt mir Kamran, mein Ehemann, der in mir manchmal nur die kleine Iranerin sieht, im Exil, aber vom Leben verwöhnt, die ihm vor vierzehn Jahren das Jawort gegeben hat – an einem verheißungsvollen 21. März, dem ersten Frühlingstag. Im Iran ist der 21. März zugleich der Neujahrstag, aber auch ein Datum, das eine glückliche Ehe symbolisiert.

Ich erwidere: »Nein, das stimmt nicht, ich mache Fortschritte. Wenn du auf Geschäftsreise am anderen Ende der Welt bist, flüchte ich nicht mehr zu meinen Eltern. Ich frage dich nicht mehr, wie lange du von mir fortbleibst, wen du triffst und in welchem Hotel du absteigst.«

»Madame?«

Ja, ich kann laufen oder mich chauffieren lassen …

»Madame!«

Ich, Fahrgast des Unerwarteten, zucke zusammen, wie auf frischer Tat ertappt. Ertappt und schuldig, ja, denn alles, was ich stets vermeiden wollte, geschieht jetzt, lautlos, hier auf der englischledernen Rückbank dieses Taxis, in das ich allein hätte steigen sollen, um nach Hause zu fahren und auf den Anruf meines Mannes zu warten. Er weilt gerade in Madrid, und es ist im Übrigen geplant, dass ich ihm in wenigen Tagen nachreise.

Ich betrachte meine blutverschmierten Hände und die seinen, die des anderen Fahrgasts in dieser Frühlingsnacht; seine sind feingliedrig, knochig, die Haut ist durchsichtig, auch sie befleckt. Ich habe meinen Seidenschal über seine Wunden gelegt, ich will für ihn den zartesten Verband, einen Schleier, nur eine Liebkosung, an die er sich beim Erwachen vielleicht erinnert. Sein blasses Gesicht mit den geschlossenen Augen ruht in meiner Armbeuge. Ich habe den seltsamen Eindruck, ein Kind zu wiegen, und nur einen einzigen Gedanken im Kopf: ihn zu beschützen. Wie fast alle Orientalinnen bin ich zugleich als Tochter und Mutter geboren, als Kind und Frau. Ich würde ihn gern wärmen, weiß aber nicht wie. Zudem bin ich gar nicht sicher, ob ihm kalt ist. Er atmet kaum.

Meine Augen wandern über seine langen goldblonden Wimpern, seine gerade Nase, seinen Mund, sein ovales ebenmäßiges Gesicht und diesen leicht verbitterten Zug, dort, auf der rechten Seite … Ich fühle mich diesem Mann so nahe, obwohl ich ihn nicht kenne. Eine meiner langen dunkelbraunen Strähnen ist über sein Ohr geglitten wie eine Feder. Ich richte mich ein wenig auf und schiebe mit der linken Hand mein Haar zurück aus Angst, diese Berührung, selbst wenn sie kaum wahrnehmbar ist, könnte seinen Schlaf stören. Wie kann ich es wissen? Am Ende des Quai Branly verlangsamt der Wagen sein Tempo. Der Taxifahrer dreht sich zu mir um. Sieht mich misstrauisch an. Ich spüre, es ist seine letzte Fahrt, er hat es eilig, nach Hause zu kommen.

»Madame, soll ich Sie zum Krankenhaus bringen?«

Zum Krankenhaus, natürlich.

»Ja bitte, setzen Sie uns am nächsten Krankenhaus ab.«

»Das ist jedenfalls die einzige Lösung. Dieser junge Mann ist angefahren worden. Er muss schnellstens untersucht werden …«

»Ja, ja, Sie haben recht«, murmele ich.

Eine Flut von zusammenhanglosen Bildern läuft durch meinen Kopf. Auch von Fragen … Warum habe ich nicht die Polizei und einen Krankenwagen gerufen, statt die Heldin zu spielen? War ich so begierig, mein Leben hinter mir zu lassen, das gemeinsame Leben von Kamran und mir, um wie ein Einbrecher in das eines anderen einzudringen? Das Taxi setzt seinen Weg fort. Der Fahrer, der wenig Gespür für die Situation hat, stellt das Radio an und gibt trotz des feinen Regens, der schon vor einigen Stunden eingesetzt hat, kräftig Gas. Ich lausche wie in einem Traum den Nachrichten über mein Land, das ich seit 1979 nicht mehr besucht habe. Ich denke an meine Eltern. Meine Mutter hat das Kapitel nachdrücklich und mutig abgeschlossen. Sie hat es für mich, ihre einzige Tochter, getan, damit ich ein normales Leben führen, ein gutes Studium absolvieren, damit ich heiraten und eine Familie gründen kann. Sie hat wiederaufgebaut, neu eingerichtet, hat andere Bezugspunkte akzeptiert, andere Bande geknüpft. Sie hat das Heimweh gezähmt. Sie hat mir anvertraut, dass man uns, auch wenn wir weit von der Heimat entfernt sind, nicht des einzig wesentlichen Besitzes auf dieser Erde berauben kann – der Gedanken, der Seele, der Kindheitserinnerungen – und dass ich, da ich reich daran bin, alle Grenzen überschreiten kann, ohne mich jemals verraten oder gänzlich entwurzelt zu fühlen. Sie hat mich gelehrt, dass in schmerzlichen Momenten das Materielle nicht unsere vordergründige Sorge ist und angesichts der wesentlichen Werte unseres Lebens, wie Liebe, Zuneigung, gegenseitige Hilfe und uneingeschränkte Unterstützung der Familie, jeglichen Wert verliert. Und dass die Kraft aus unserem tiefsten Inneren hervorsprudelt, wenn wir sie brauchen. Meine Mutter hat mir vorgelebt, dass Städte wie Lehm sind und dass in jedem Bewohner, sei er nur auf der Durchreise oder für immer dort, ein potenzieller Bildhauer steckt. Wenn er die nötige Geduld aufbringt, wird es ihm eines Tages gelingen, das Provisorische zu überwinden und sein Nest daraus zu machen. Und wie ein Genie der iranischen Architektur wird er das Licht nutzen, um darin ein äußeres und inneres Leben zu schaffen. Für meinen Vater war dieser Aufbruch wie »der Abschied vom Heimatland«. Er leidet, und dieses Leiden verstört mich. Ich weiß, er wird niemals vergessen können, was er zurückgelassen hat, unser Haus in Teheran, seinen Garten Eden, geschmückt mit Kaskaden und Bächlein, in denen frisches, klares Wasser floss. Und den betörenden Duft von Jasmin. Den lieblichen Gesang der Vögel … Und sogar den Staub.

Auf diese traurigerweise so banal gewordenen Kurznachrichten folgt Filmmusik. Eine Reihe von Klavierakkorden begleitet das monotone Hin und Her der Scheibenwischer. Eine schöne, eher sanfte Melodie, und doch möchte ich dem Fahrer am liebsten sagen, dass er den Verletzten mit seinem Radio noch wecken wird. Auch wenn ich sehe, dass er bewusstlos ist, eingetaucht in einen künstlichen Schlaf wegen eines unachtsamen Autofahrers, der zu schnell fuhr. Und wenn er aufwacht, jetzt gleich, wird er Schmerzen haben, und ich will nicht, dass er Schmerzen hat. Ich kenne diese Musik, ich könnte sie sogar leise mitsummen, doch ich vermag diese melancholischen Töne nicht einzuordnen. Zahllose Bilder laufen in meinem Kopf ab, überlagern die Gesichter der Schauspieler dieses Films, dessen Name mir zunächst nicht einfallen will. Jetzt entsinne ich mich ... *Les Choses de la vie,* ja, das ist es, das ist die Filmmusik aus Die Dinge des Lebens. Ich kann mich nicht mehr an den Namen des Regisseurs erinnern, ein Franzose, aber ich sehe deutlich die schönen gequälten Gesichter von Romy Schneider und Michel Piccoli. Ein Mann, eine Frau, das Schicksal ... Ein wenig wie das, was ich im Augenblick durchlebe. Und doch trete ich niemandem meinen Platz ab, ich überlasse es niemandem, meinen Unbekannten an den Ort seiner Wiederauferstehung und meiner Hoffnungen zu bringen. Vorerst gehört dieser junge Mann mir. In wenigen Minuten wird er in der Obhut der Ärzte und Krankenschwestern sein, die versuchen werden, eine Diagnose zu stellen. Andere Gesichter mit anderen

Blicken werden sich über ihn beugen. Und morgen – morgen ist fast jetzt – hat ihn vielleicht seine Familie wiedergefunden. An seinem Finger entdecke ich keinen Ring, doch das will nicht viel heißen.

Blau, gelb, schwarz oder grün, französisch, amerikanisch, englisch oder mexikanisch – die Taxis der ganzen Welt bergen unsere Wahrheiten und unsere Lügen. Wie die Spiegel in den Hotelzimmern haben sie alles gesehen, alles gehört, alles festgehalten, alles aufgenommen: die Klagen, die Tränen, das Lachen, die Streitereien, alles untermalt von Musik und politischen Kommentaren. Sie sind indiskrete Zeugen der Vergangenheit, der Gegenwart und der Zukunft, und niemand kann ihnen entgehen. Niemand. Das Taxi fährt noch immer, und ich weiß, dass es bald anhalten wird. Das Krankenhaus ist nur noch wenige Meter entfernt. Ich richte mich vorsichtig auf, darauf bedacht, keine allzu heftige Bewegung zu machen. Ich muss mich entscheiden, bevor ich das Schild der Notaufnahme sehe. Entscheiden. Das Wort drängt sich auf sonderbare Weise meinem Geist auf. Für eine Sekunde hallt ein kurzer schriller Schrei in meinem Kopf wider; ich sehe ein Auto mit hoher Geschwindigkeit durch die Nacht fahren, ohne dass ich mir die Marke, die Farbe oder die ersten Ziffern des Kennzeichens merken kann, sehe mich auf das Opfer zurennen, das wie ein Vogel im freien Fall auf den Asphalt geschlagen ist. Ich sehe Blut fließen, bin entsetzt, weiß nicht, was ich tun soll. Der Quai Malaquais ist wie ausgestorben. Etwas weiter entfernt, zu weit, als dass ich das Risiko einzugehen wage, den Verletzten zu verlassen, erkenne ich die Lichter eines Cafés, vor dem gerade das Eisengitter heruntergelassen wird. Es ist Sonntag, ich habe soeben mit einem befreundeten Ehepaar in einer Brasserie des Viertels zu Abend gegessen. Ich trete näher, ich knie neben den jungen Mann nieder. Ich empfinde Glück und Unglück zur gleichen Zeit. Ein unerklärlicher Besitzinstinkt treibt mich an, spricht zu mir. Es gibt Augenblicke, da wird alles möglich: Verbotenes, Versuchung, Schönheit ... In meinen Armen wird er, kann er nicht sterben. Nicht so. Nicht jetzt. Ich habe diesen Koranvers auf den Lippen: »Nichts kann uns treffen, außer dem, was Gott uns bestimmt hat ...« Ich weine und zittere zugleich. Auf der Suche nach einem Papier oder einem Ausweis, der mir die Identität dieses Unbekannten offenbaren würde – auch wenn er es schon nicht mehr wirklich ist und nie mehr sein wird –, wage ich es, mit meiner Hand in eine Außentasche seines beigefarbenen Regenmantels zu tasten. Kein Handy, kein Kalender, kein Adressbüchlein, das mir Informationen zu seiner Person liefern könnte. Fieberhaft versuche ich es in der anderen Tasche. Meine Finger ertasten eine Plastikkarte und ein nicht sehr dickes Buch. Auf der Karte lese ich, Sergei Krasin, Student an der Sorbonne. Er heißt Sergei … Ein russischer Name. Auch ein Exilant? Jetzt verstehe ich seine großen hellen Augen besser, sein Haar blond wie der Weizen und sein etwas ernüchtertes Lächeln vorhin im Restaurant, denn dort haben sich unsere Blicke zum ersten Mal getroffen. Das Buch ist eine Sammlung von Gedichten Pablo Nerudas, in der Originalsprache. Ein Russe, der Spanisch liest? Das Quietschen von Reifen lässt mich zusammenzucken. Ein Taxi bremst direkt neben uns. Ich schiebe schnell Karte und Buch zurück in die Tasche, in der ich sie gefunden habe. Der Countdown der Schuldgefühle beginnt. Was habe ich hier zu suchen? Ich sollte zu Hause sein, im Bett, im besten Fall mit einem guten Buch, im schlimmsten vor einem drittklassigen Film im Fernsehen. Zu spät … Zu spät oder zu früh? Der Taxifahrer kurbelt die Fensterscheibe herunter.

»Brauchen Sie Hilfe, Madame?«

»So, Madame, hier wären wir. Der Eingang zur Notaufnahme ist …«

Ich werde aus meinen Gedanken gerissen. Ich darf ihm keine Zeit lassen, weitere Fragen zu stellen, auf die ich nicht antworten möchte. Wie bitte? Ich kenne diesen Mann gar nicht? Er ist weder mein Mann noch mein Bruder noch ein Freund, nicht einmal mein Geliebter? Was dann? Dann nichts. Er darf vor allem diese Frage nicht stellen. Ich mache mich behutsam frei, als wäre er ein Kind, dem ich eine schöne Geschichte erzählt habe, damit es endlich einschlafen kann, und meine linke Hand wandert zum Türgriff. Ich muss rasch aussteigen und in der Nacht verschwinden wie eine Diebin.

»Bitte kümmern Sie sich um ihn …«, stammele ich hilflos.

Der Fahrer dreht sich zu mir um. Ich habe den Blick gesenkt, das Gesicht hinter dem hochgeschlagenen Kragen meines Regenmantels halb verborgen, das volle Haar ist wie ein Schutzwall. Es ist dunkel draußen. Und drinnen. »Sie hatte langes Haar, sie trug einen marineblauen Regenmantel.« Mehr kann dieser Mann zu dem Phantombild nicht beitragen, wenn ihm gleich Fragen gestellt werden. Er wird nicht an den Seidenschal denken, Männer merken sich solche Details nur selten.

»Was soll denn das nun plötzlich bedeuten: ›Kümmern Sie sich um ihn‹? Soll das etwa heißen, Sie kennen diesen Mann gar nicht? Ich verstehe überhaupt nichts mehr!«

»Hm, na ja ... Doch, aber ich ... Nun ... Bitte vergessen Sie mich, sagen Sie, dass Sie ihn gefunden haben ... Geben Sie acht auf ihn, das ist das Einzige, worum ich Sie bitte.«

»Madame, warten Sie!«

Ich steige aus dem Wagen. Ich renne los. Ich laufe so schnell, wie ich es gelernt habe, als ich Studentin an der Universität von Berkeley in Kalifornien war; man nannte mich damals »Queen of Jogging«. Ich versäumte niemals dieses Rendezvous mit mir selbst, diese Weile der Einsamkeit im Morgengrauen, die Kilometer, die ich, den Walkman aufgesetzt, zurücklegte, aufmerksam auf meinen Herzschlag lauschend und eine Musik, die ich jeden Morgen neu auswählte. Selbst wenn ich krank, wenn ich traurig war, konnte ich nicht auf dieses Tête-à-Tête mit meinen Stimmungen und geheimen Emotionen vom Vortag verzichten, bevor ich mich wieder in die Arenen des Wissens und das brodelnde Leben begab.

Ich denke nicht, ich laufe. Meine hohen Absätze stören mich nicht. Wenn ich strauchele, wenn ich ausrutsche, Pech gehabt, doch ich weiß, dass es nicht geschehen wird. Es kann in dieser Geschichte nur einen Verletzten geben. Das steht fest. Wozu wäre ich sonst nütze? Ich habe immer jemandem oder einer Sache genützt, das ist mein Schicksal als Orientalin und auch mein Wesen.

Ich finde meinen Weg, orientiere mich an Antiquitätenläden, zwei oder drei Gemäldegalerien und ein paar Straßenlaternen. Ich kenne dieses Viertel, als wäre ich hier geboren, jeden Hauseingang, jedes Café, jede Bushaltestelle. Ich wohne seit jeher im 7. Arrondissement, ich arbeite seit jeher hier, und nun habe ich einen neuen Nachbarn. Einen Russen. Er heißt Sergei, er hat blaue Augen wie das Paradies und wohnt in der Rue Jacob, Nummer 14. Das habe ich auf seinem Studentenausweis gelesen. Ein paar Straßen trennen uns, wenig für Reisende wie uns. Ist er verheiratet? Hat er Kinder? Hat er noch seine Familie in Russland, und warum hat er sein Land verlassen? Und seine Wohnung? Wie mag seine Wohnung sein? Klein und bescheiden möbliert? Sicher, denn schließlich ist er Student. Es sei denn, er arbeitet, um sich sein Studium zu finanzieren. Nein, er muss in einer Dachkammer wohnen oder zur Untermiete wie ich damals in Berkeley. Mein Gott, was tue ich da? Es ist nach ein Uhr. Mein Mann wird sich Sorgen machen und ein Dutzend Nachrichten auf meinem Anrufbeantworter hinterlassen haben. Weil ich kein Handy habe. »Roxane, du solltest dir ein Handy anschaffen«, bedrängt mich Kamran ständig. »Jeder hat heutzutage eins, sauf toio!« Und er fügt lachend hinzu (er neigt nicht zur Eifersucht): »Am Ende muss ich noch annehmen, dass du etwas vor mir zu verheimlichen hast!« Mir gefällt dieses »sauf toi«. Diese zwei kleinen Worte erinnern mich daran, dass ich mich schon als Kind gegen starre Regeln aufgelehnt habe, dass mein Widerspruchsgeist tiefe Wurzeln hat. Und obwohl ich des Französischen durchaus mächtig bin, habe ich immer noch Schwierigkeiten, den Buchstaben »f« auszusprechen; und so hört sich mein »sauf toi«* mehr wie ein »sauve-toi!«** an. Und wenn Kamran mich manchmal als unerfahrenes oder dickköpfiges Kind hinstellt, so hat er im Grunde recht. Ich will nicht Autofahren lernen, ich will weder Computer noch Handy, und ich bin immer noch die kleine Exiliranerin, die nicht erwachsen werden will. Ist das der Grund dafür, dass ich soeben jemanden gerettet und zugleich im Stich gelassen habe? Das ergibt keinen Sinn. Und doch ... Ich kenne die Erotik, die aus dem Flüstern zwischen dem Guten und dem Bösen entsteht, zwischen Freude und Schmerz. Ich begehre ihn und leide unter diesem Begehren. Morgen. »Morgen ist ein neuer Tag und ein neuer Anfang«, sagen die Iraner. Morgen beim ersten Erwachen der Sonne gehe ich den Weg zum Krankenhaus zurück. Ich erfinde eine Ausrede für den Fall, dass ich zu spät zur Buchhandlung am Boulevard Raspail komme, wo ich arbeite. Ich sage einfach, ich sei krank oder auf der Straße ausgerutscht ... Es hat stark geregnet, ich trug hohe Absätze ... Ich arbeite nicht umsonst mit Büchern. Ich kann etwas erfinden, wenn ich will, auch wenn ich Lügen hasse. Sollte ich mich lieber an die Polizei wenden? Mich in der Rue Jacob umhören? Nein, das Krankenhaus ist besser. Ich werde mich durch die Flure schleichen, die Tür zu seinem Zimmer öffnen und an sein Bett treten. Und ihn schweigend betrachten. Meine Augen werden ihm sagen, was ich niemals über die Lippen bringen werde: »Heute Nacht, mein Engel, habe ich dich gerettet.«

* sauf toi: außer dir

** sauve-toi: rette dich, verschwinde

Ich stellte mir mein Leben wie ein Bild vor. Ein Bild, das die unvergesslichen Momente hervorhebt und dessen Farben auf einem bereits vorhandenen Untergrund aufgetragen werden. Die Schicksale zeichnen sich auf der Leinwand des Lebens ab; sie glänzen, erneuern, wiederholen sich oder verbleichen. Manche Bilder sind farbenfroher als andere. Alles hängt von der Vorstellungskraft ihrer Schöpfer ab. Wir erschaffen sie mit unseren eigenen Händen. Doch manche Augenblicke entgehen uns, und damit beginnt die Herausforderung. Seit meinem zwölften Lebensjahr habe ich auch meinen späteren Ehemann auf diese Leinwand meiner Zukunft gemalt.

Meine Großmutter hat mit fünfzehn Jahren geheiratet, meine Mutter mit siebzehn und ich mit einundzwanzig. Sie konnten ihren Ehemann nicht selbst wählen, ich schon. Ich war zwölf Jahre alt, er war der Sohn einer Freundin meiner Eltern. Ein einziger Blick und ich beugte mich dem köstlichen Joch seiner honigfarbenen Augen, seiner schwarzen Haare, seiner Kraft. Kamran wohnte in Ashtian, ich in Teheran. Unsere Familien trafen sich öfter zum Essen. Wir waren zahlreich, und das Fest in dem bezaubernden Garten unseres Hauses war in vollem Gang. Es war ein Sommerabend, und die Luft war erfüllt vom Duft des Jasmins und des Shabgol, dessen Blüten sich nur bei

Einbruch der Nacht öffnen. Der Legende zufolge sprechen sie die Sinne all derer an, die ihren Duft einatmen. Eine Blume, deren Krone beim Stelldichein zweier Verliebter aufbricht, eine Blume, die überaus empfindsam für große Gefühle und wilde Leidenschaft ist. Ich weiß nicht mehr, ob ich an jenem Abend ihren magischen Duft eingesogen hatte, ich weiß nur, dass die Augen der Heranwachsenden die ihres Meisters gefunden hatten. Er war zehn Jahre älter als ich, doch im Iran misst man solchen Unterschieden nicht dieselbe Bedeutung bei wie in der westlichen Welt. Meine Mutter hat einen Mann geheiratet, der fünfzehn Jahre älter war als sie, und ihre Liebe zu ihm hat alle Prüfungen überdauert.

Kamran hatte eine schöne Seele. Sein markantes Aussehen und sein Charisma zogen die Mädchen magisch an. Sie himmelten ihn an, hätten sich in Stücke gerissen für ihn, und hassten mich eigentlich schon. Sie hatten, vielleicht schon früher als ich, begriffen, dass wir für einander gemacht waren. In guten wie in schlechten Zeiten. Kamran hatte seinen Vater verloren, als er noch ein Kind war; so war er bereits in jungen Jahren Familienoberhaupt geworden. Der Sinn, Verantwortung zu übernehmen, war ihm in Fleisch und Blut übergegangen. Diese Großherzigkeit machte ihn noch schöner. Er strahlte, und auch ich wollte Quell des Lichts werden, damit er nur noch mich ansehen und begehren, meine zwölf Jahre und meine Unschuld vergessen sollte.

Unter dem Sternenhimmel einer iranischen Nacht sind wir in jenes Bild getreten, an dem ich insgeheim malte, seit ich alt genug war, meine eigenen Träume zu spinnen. Das Schicksal schrieb uns seinen schönsten Brief. Roxane und Kamran. In alle Ewigkeit. Nach unserem Treffen hat er gewartet, bis ich etwas erwachsener war … Meine Eltern wollten, dass ich in Europa studierte, dann in Amerika. Meine Mutter drang darauf, dass ich eine gute Ausbildung bekäme, mein Vater, dass ich »mit Büchern arbeitete«, um eines Tages unabhängig zu sein. Meine Eltern haben mich von klein auf den Wert der Arbeit gelehrt und die Freude, die man an finanzieller Unabhängigkeit haben kann. Dank ihrer Aufgeschlossenheit bin ich dem Schicksal der klassischen Ehefrau entgangen. Ich konnte leben, lieben, geliebt und vor allem geachtet werden.

Kamran seinerseits, dessen Ideale denen meiner Eltern glichen, arbeitete mit Eifer. Er wollte im Verlagswesen Karriere machen. Schließlich hielt er bei meiner Familie um meine Hand an. Nichts stand unserem Bund im Weg, ganz im Gegenteil. Die Revolution hatte uns einander noch nähergebracht. Wir lebten in derselben Situation, im selben schmerzlich empfundenen Exil und mit demselben Traum, uns in der Fremde ein neues Leben aufzubauen.

Ich habe weit von meiner Heimat entfernt geheiratet. Am ersten Tag des Frühlings. Neue Jahreszeit, neues Leben. Im Iran verheißt dieses wichtige Datum Hoffnung, das Grün der Wiesen, das Erwachen der Natur, das Lächeln der Kinder. Jeder Iraner trägt neue Kleider, die eigens zu diesem Anlass angeschafft werden. Blumen, Kerzen, Früchte, Fisch, Zuckerwerk ... Der Tradition zufolge müssen all diese Symbole für Glück, Reichtum, Wohlstand, Gesundheit, Lebensfreude, Fruchtbarkeit gegenwärtig sein. Ich erinnere mich, als ob es gestern gewesen war ... Du und ich bei meinen Eltern in Paris, wie es der Brauch will, auf kleinen Hockern vor einem Spiegel, zu beiden Seiten brennende Kerzen. Ich trage ein elfenbeinfarbenes, perlenbesticktes Kleid, das eine meiner Cousinen, eine talentierte Schneiderin, nach Maß angefertigt hat; Ohren, Hals und Handgelenke ziert alter Familienschmuck aus Gelbgold, wie ihn nur die kunstfertigen Goldschmiede von Yazd zu arbeiten verstehen. Zwei verheiratete Frauen halten mit ausgestreckten Armen einen weißen Schleier über uns, während andere Frauen hinter ihnen vorbeigehen und zwei Zuckerhüte aneinanderreiben, sodass die Körner herunterrieseln. Dieser Zuckerregen verheißt Glück ... Währenddessen rezitiert ein Mullah Verse aus dem Koran und erklärt die Institution der Ehe, das heilige und unzerstörbare Band, das uns ab jetzt verbindet – bei uns gibt es fast keine Scheidungen, und falls doch, kann nur der Mann sie beantragen. »Willst du Kamran zum Ehemann ...« Ich weiß nicht, ob es das erste, zweite oder dritte Mal ist, dass mir auf Persisch die Frage gestellt wird. Ich weiß nur, dass ein junges iranisches Mädchen nicht zu schnell antworten darf, damit die Spannung erhalten bleibt. Der Bräutigam aber muss gleich beim ersten Mal reagieren. Ich sah, wie der Spiegel vor uns – Symbol der Helligkeit und Transparenz – Kamrans »ja« zurückwarf, Kamrans Lippen öffneten sich, um das heilige Wort zu formen. Also warte ich, einmal, zweimal. Die Ungeduld, die in mir aufsteigt, gibt mir das Zeichen zum Aufbruch, denn es handelt sich in der Tat um einen Aufbruch. Mit bewegter Stimme antworte ich »*bale*, ja, ich will dich, Kamran, zum Mann«. Das Schweigen weicht der euphorischen Glückseligkeit, die sich langsam unter den Gästen verbreitet. Blitzlichter flammen auf, verewigen die Wonne dieses Augenblicks. Die Küsse und die glücklichen Stimmen scheinen geradewegs vom Himmel zu kommen.

Zu einer anderen Zeit, unter der Kadscharen-Dynastie, schickte sich ein fünfzehnjähriges Mädchen ebenfalls an, seinen Märchenprinzen zu ehelichen. Meine Großmutter heiratet Prinz Muhammed Hassan Mirza. Er ist ihr erster Mann, sie seine fünfte und letzte Frau ... Er hat ihr den Beinamen *Sogoli,* die Bevorzugte, gegeben. Wie alle anderen Männer, die schon zuvor um ihre Hand angehalten haben, ist er ihrem blassen Teint, ihren smaragdgrünen Augen, ihrem Liebreiz und ihrer Unschuld, ihrem leidenschaftlichen Wesen verfallen – in ihren Adern fließt persisches und türkisches Blut. Diesen Mann hat der Vater meiner Großmutter für seine Tochter gewählt, die er seinen Augapfel nennt und die einen edlen Gemahl verdient. Zu jener Zeit lebt die Königsfamilie in unbeschreiblichem Prunk und Überfluss. Feste, Jagdpartien und Polospiele lösen einander ab und belasten den vom Bankrott bedrohten Staatshaushalt über alle Vernunft hinaus. Meine Großmutter wird zugleich zur Frau, Prinzessin und Mutter eines kleinen Jungen. Sie meistert ihre Aufgaben mit Geschick und Aufrichtigkeit. Doch leider verschlechtert sich das politische Klima von Tag zu Tag. Mit einem Staatsstreich entthront Reza Pahlavi den König und schickt die Familie ins Exil. Und ein Prinz mit gebrochenem Herzen verlässt den Iran ohne seine Prinzessin.

Seinen Sohn nimmt er mit. Die Eltern meiner Großmutter befinden ihre Tochter zu jung, um sich auf ein solches Abenteuer einzulassen, sie behalten sie bei sich und denken daran, sie neu zu vermählen ... trotz der verzweifelten Liebesbriefe, die die junge Frau erhält, die seit der Abreise ihres Geliebten und ihres angebeteten Sohnes, Frucht einer unmöglichen Liebe, untröstlich ist.

Unter der Herrschaft des Schahs Reza Pahlavi gewinnen die Frauen an Unabhängigkeit und Eigenständigkeit; das Tragen des Tschadors ist verboten. Nach Atatürks Vorbild setzt Reza Schah seine Vorstellung von einer westlich orientierten Gesellschaft durch. Doch die traditionellen Familien lehnen diese Neuerungen erschrocken ab. Der Iran will die Fahne der Modernisierung und der Offenheit hissen. Von ihren Eltern gedrängt, verheiratet sich meine Großmutter wieder ... Fünfzig Jahre später zerbricht ihr Leben erneut, diesmal durch die islamische Revolution, und sie muss zutiefst getroffen erleben, dass ihre Kinder das Land verlassen. Auch wenn die Revolutionen die Frauen stärken und ihren Mutterinstinkt festigen, so bleiben doch auch die Narben des Schmerzes unauslöschlich bestehen.

Ja, ich sah mein Leben wie ein Bild. Meine Großmutter und meine Mutter hatten sich diesem Traum vor mir hingegeben. Sie hatten dieselben

Farben gewählt: Blutrot, Symbol des Lebens und der Liebe, Blau für die Hoffnung, Weiß für die Reinheit, Ocker, Orange und Beige, die drei Erdtöne, um das Leid des Exils hervorzuheben. Drei Frauengenerationen und dieselbe Zerrissenheit, dieselben Aufbrüche ohne Abschied.

Kamran und ich wandten uns in den letzten Jahren mehr und mehr der Vergangenheit zu, doch diese Gespräche trieben uns fast immer an die Ufer des Bedauerns, des Schmerzes und der Enttäuschung. Diese statischen Reisen, die wir mal schweigend, mal wortreich unternahmen, beruhigten uns, denn wir überlebten dank der Erinnerung an unsere verlorene Kindheit. Wir teilen dieselbe Leidenschaft für Bücher – er verlegt sie, ich verkaufe sie –, wir mögen dieselben Autoren, Zweig, Turgenjew, Miller, ihre Wunden ähneln den unseren. »So gehöre ich nirgends mehr hin, überall Fremder und bestenfalls Gast«.

Doch manchmal verstanden wir uns nicht mehr. Unsere verletzten Herzen gingen getrennte Wege, jeder leckte oder verband seine Wunden für sich, und die Wehmut wurde zum eigentlichen Untergrund des Bildes, von dem wir träumten. Und da war noch das heiß ersehnte Kind, das nicht kommen wollte. Auch in dieser Hinsicht schwand die Hoffnung. Und in schwierigen Momenten sagte ich mir: »Exiliert und unfruchtbar«, und dieser so schlechte Gedanke, diese grausame Feststellung machte mir Angst. Dann ergriff die Farbe Schwarz Besitz von meinem Bild.

Kamran hingegen floh. Er stürzte sich in die Arbeit, seine Reisen, den Terminkalender des viel beschäftigten Mannes. Er verlor uns auf der Strecke, ohne es auch nur zu bemerken. Da sie mich bei Cocktails oder Vernissagen oft allein – und melancholisch – sahen, wunderten sich viele Bekannte: »Dein Mann ist der unsichtbare Mann, man trifft euch nie zusammen!« Ich verteidigte ihn, wies auf seine Verpflichtungen und die damit verbundenen häufigen Reisen hin. Ich sprach mit meiner Mutter, meiner Freundin, meiner Vertrauten und treusten Beraterin. Ich sagte ihr, ich hätte Angst, das Feuer könne erlöschen, der Blütenkelch der Leidenschaft welken, seine Blätter sich spalten ... Wäre es nicht besser, Abstand zu nehmen, seine Liebe zu bezwingen, um sie nicht eines Tages zu verlieren? Ich wollte, dass sie mir noch einmal die Geschichte von meiner Großmutter und ihrem Prinzen erzählte ... Sie antwortete mir: »Mein Liebes, du hast eine gute Ehe geschlossen, es ist eine etwas schwierige Phase, alles wird besser werden, wenn ihr ein Kind habt. In deinem Alter hast du noch alle Chancen, du darfst die Hoffnung nicht aufgeben, und Kamran ist ein so netter Mann.« Nett, ja, das war er ... Wohin stellt man die Liebe, wenn man sie aus ihrer Schatulle nimmt? Das fragte ich mich immer öfter. Und ich fand keine Antwort. Ich liebte Kamran von ganzem Herzen. Ich bewunderte ihn und sah ihn noch immer mit den Augen des kleinen zwölfjährigen Mädchens. Ich war ihm dankbar für alles, was er für mich getan hatte und noch immer tat, um mein Exil erträglicher zu machen, indem er mir ein Leben voll von Annehmlichkeiten bot, aber … Wir waren wie Bruder und Schwester, zwei Überlebende, die versuchten, das Verlorene wieder zu finden. Auf halbem Weg aufzuhören, wäre ein Irrtum gewesen. Und doch. Eine Kleinigkeit reicht aus, um zwei Seelen zusammenzuschweißen. Oder sie für immer voneinander zu entfernen. Dem Himmel unserer Begegnung mangelte es an Sternen, und ich wusste nicht mehr, wie ich es anstellen sollte, ihm etwas Licht zu geben.

Plötzlich verwendete ich eine neue Farbe für mein Bild; eine, die ich nie benutzt hatte: die Farbe der Lüge.

Die Lüge ist blau. Blau wie die Augen von Sergei Krasin. Die Lüge ist russisch und wohnt in der Rue Jacob, Nummer 14.

Wenn Kamran nicht da war, traf ich Freunde oder Leute, die mit ihm arbeiteten. Ich verkehrte mit niemandem, den ich nicht durch ihn kennengelernt hatte. Das bedeutete nicht, dass ich unterwürfig war oder bevormundet wurde, im Gegenteil, ich war immer diejenige, die Essen, Feste, kurz das »gesellschaftliche Leben« für uns beide organisierte. Doch ich verspürte nie das Bedürfnis, außerhalb dieses Kreises andere Freunde zu haben. Mein Vater und meine Mutter reichten mir aus. Dann kamen Bücher, Filme und Ausstellungen. Mehr brauchte ich nicht. Jeden Tag ging ich in die große Buchhandlung am Boulevard Raspail, wo ich seit sieben Jahren für die Abteilung »ausländische Literatur« verantwortlich war. Ich liebte diese Arbeit sehr, da sie mir interessante Bekanntschaften ermöglichte, aber auch meinen Lesedurst stillte. Ich war in die Bücher eingetaucht wie in ein Meer: frei und heiter. Ich unterhielt mich wenig mit den anderen Verkäuferinnen und aß zum Mittagessen meist allein ein Sandwich in dem Bistro an der Ecke. Niemand wusste, dass mein Mann Verleger war. Wenn ich Kartons auspackte und seine Bücher sah, war ich glücklich; wenn sich eines von ihnen gut verkaufte oder in die Bestsellerliste aufstieg, freute ich mich unbändig, aber immer still für mich. Niemand sollte es wissen. Mir war sehr an dieser Anonymität gelegen, aber auch daran, mein Berufsleben und das von Kamran zu trennen – selbst wenn wir uns abends über Literatur unterhielten und die Neuerscheinungen besprachen. Er fragte mich nach meiner Einschätzung ausländischer Titel, die er für seinen Verlag kaufen wollte, und ich gab sie ihm, stolz, dass er mich für erfahren genug hielt, um ihn zu beraten. Voller Freude stellte ich fest, dass er oft meinem Rat folgte.

Meine Kollegen respektierten meine distanzierte Haltung. Sie hatten mich als »etwas verklemmt« abgestempelt; und diese strenge, wenig schmeichelhafte Beurteilung war mir eher recht, als dass sie mich störte. Manchmal hatte ich Lust, ihnen zu sagen: »Ich bin nicht verklemmt, sondern zurückhaltend«, doch ich schwieg aus Angst, arrogant zu wirken. Meine umgängliche Seite gewann stets die Oberhand, und ich glaube, schließlich akzeptierte jeder, dass ich anders war. Ohnehin machten meine lange Betriebszugehörigkeit und die Tatsache, dass ich als Einzige fließend mehrere Sprachen beherrschte, die Dinge einfacher. Während der Feiertage und in der Ferienzeit gaben sich die Aushilfskräfte die Klinke in die Hand. »Zu schlecht bezahlt und kein Spaß«, sagten sie, wenn sie ihren Job nach wenigen Tagen an den Nagel hängten.

Ich liebe Bücher. Solange sie da sind, alphabetisch in den Regalen der Buchhandlung aufgereiht, auf dem Couchtisch in unserem Wohnzimmer verstreut, in unserem Schlafzimmer am Boden aufgestapelt, solange ich zumindest eines zur Hand habe, fühle ich mich in Sicherheit. Die Bücher sprechen zu mir, und ich antworte ihnen. Ich habe eine geradezu sinnliche Beziehung zu ihnen. Ihnen verdanke ich meine Tränen, meinen Frohsinn, meine Zärtlichkeit, meine Sinnlichkeit. Ich spaziere zwischen den Worten umher, wann immer ich Lust dazu habe, mit der Gewissheit, dass mich am Ende der Seite, des Kapitels, der Wanderung, des Vierzeilers das Vergnügen weit, sehr weit fortträgt. Ich mache mir Notizen, horte Wissen mit dem Eifer eines Schulkindes. Ich wähle einen Satz oder einen Ausdruck, den ich dann in einem jener kleinen Notizbücher festhalte – den *One Year of White Pages* oder den berühmten Moleskine von Ernest Hemingway, die wir auch in der Buchhandlung verkaufen. Ja, ich liebe Bücher und alles, was damit zu tun hat. »Du solltest schreiben, richtig schreiben«, sagte mein Mann oft, wenn er mich bei solchen Notizen überraschte. Schreiben? Nein, ich lese lieber die Worte der anderen, das ist weniger gefährlich.

Sonntags bin ich nicht gern allein. Wenn Kamran nicht da ist – was selten vorkommt, weil er weiß, wie trübsinnig ich an diesem Tag der Woche bin –, überquere ich die Straße und gehe zu meinen Eltern, die ebenfalls am Boulevard Saint Germain wohnen. Meine Mutter kocht iranisch und mein Vater spricht über Politik und persische Poesie, wir zünden Kerzen an, sehen uns Videos an, wir lachen oder spielen Karten, wobei ich fast immer verliere.

Aber an diesem Abend waren meine Eltern nicht da, weil sie einige Tage in Marokko verbrachten. Sie zögerten immer, mich allein zu lassen, wenn Kamran nicht da war, doch ich hatte sie gedrängt, diese Reise anzutreten. Ich war gerade im Begriff, mich mit einem Roman ins Bett zu legen, als das Telefon klingelte. Sicher wollte mir Kamran von seinem Tag berichten und sich überzeugen, dass ich mich nicht allzu sehr langweilte. Ich hob ab und versuchte, fröhlich zu klingen, wie jede Iranerin, die es verabscheut, ihr Schicksal zu beklagen. *Never explain, never complain.* Am anderen Ende erkannte ich die Stimme einer alten Freundin, Laurence, deren Mann, ein Engländer, an derselben Universität Wirtschaftsrecht studiert hatte wie Kamran. Die beiden waren sich nahegeblieben. Ich hatte mich mit Laurence angefreundet, und wir drei aßen oft zusammen. Laurence und Mark verkörperten das Ideal eines perfekten Paares. Sie waren beide Anwälte, hatten zwei Kinder, ein schönes Haus in einem westlichen Pariser Vorort, ihre Kanzlei lief gut, kurz, sie waren glücklich.

»Roxane, hier ist Laurence! Wir sind in der Brasserie Lipp. Kamran hat uns gesagt, dass du heute Abend allein bist. Komm her und iss mit uns!«

»Ich weiß nicht … Es regnet, und ich habe nicht wirklich Lust, vor die Tür zu gehen …«

»Komm, das ist ein Befehl!«

Ich gab schließlich nach. Eilig griff ich nach meinem Regenmantel und meiner Tasche, kämmte mich rasch vor dem Spiegel im Flur und zog die Tür hinter mir zu.

Draußen war es kühl, fast angenehm. Eine richtige Frühlingsnacht. Ich hatte einen guten Teil des Nachmittags geschlafen. Der glänzende Asphalt zeigte die Spuren eines vor Kurzem niedergegangenen Regenschauers. Einige Tropfen rannen meinen Nacken hinunter. Ich zog meinen Seidenschal heraus und band ihn um mein Haar, das bei dieser Feuchtigkeit nicht zu bändigen war. Ich lachte auf, als ich an das dachte, was mir meine Mutter – wie alle Iranerinnen sehr kokett –, als ich noch klein war, ständig vorgesagt hatte: »Roxane, wenn die Haare gut sind, ist der Rest auch gut.« Der Boulevard Saint-Germain, der mit seinen Geschäften und Cafés tagsüber so lebendig ist, glich einem langen verlassenen Tunnel. Zehn Minuten später erreichte ich die Brasserie, wo Laurence und Mark auf mich warteten. Viele Leute standen draußen Schlange. Meine Freunde hatten sicher vorausschauend angerufen, um zu reservieren. Sie saßen schon an einem Ecktisch. Sie winkten mich herbei. Ich war glücklich, sie wiederzusehen. Sie kamen von einem einwöchigen Urlaub in den Bergen zurück, braun gebrannt, mit leuchtenden Augen. Galant wie immer, überließ Mark mir den Platz auf der Bank neben seiner Frau. Hinter unserem Rücken warf ein großer Spiegel einen Teil des Restaurants zurück. Kaum saß ich, traf mein Blick auf seinen. Und zugleich sah ich die Farbe der Gefahr und der Lüge. Blau. Ich wusste sofort, dass dieses Blaugrau mein Herz in Schutt und Asche legen würde; dieses Blau, wie eine chinesische Tuschemalerei der Qing-Dynastie, die die anrührende Schönheit der Berglandschaften darstellt. Bald floss ein Fluss, bald zeichnete sich eine heilige Terrasse ab wie eine Vision des Himmels mit Bergen, Hügeln, mystischen Wegen, deren Intensität zu- und abnimmt …

Ich habe es gesehen, und dieser Anblick hat mich all meiner Sinne beraubt. Ich vernahm kaum die Frage, die man mir stellte:

»Und was darf es für Madame sein?«

Dann die Stimme von Laurence mit dem neckenden Unterton:

»Madame ist in ihre Bücher vertieft …«

Ich senkte den Blick auf die Karte, die ich in den Händen hielt, und versuchte, sie zu entziffern. Vergeblich. Vorspeisen, Hauptgerichte, Desserts, alle Linien schwankten wie ein Schiff auf bewegter See. Etwas Gewaltiges hatte sich gegenüber ereignet, genau mir gegenüber an einem Tisch, an dem drei Personen speisten. Ich sage »gewaltig«, weil ich mir nicht mehr vorstellen konnte, von einem Blick aus der Fassung gebracht zu werden. Das war mir ein Mal, ein einziges Mal passiert, als meine Augen in denen von Kamran versunken waren. Seither war mein Blick vielen anderen männlichen begegnet. Ich hätte nur reagieren müssen. Mit einem Ehemann, der so oft auf Reisen war, wäre es ein Leichtes gewesen, die »Belle de Nuit, die Nachtschöne« zu spielen oder meine Mittagspause in ein Schäferstündchen zu verwandeln. Ich bin nie auf diese Blicke eingegangen. Ich wollte in einem nie endenden Rendezvous mit dem Mann meines Lebens bleiben, Kamran. Allein die Vorstellung, ihn zu betrügen oder zu enttäuschen, war mir unerträglich. Ich wusste, dass er unserer Verpflichtung, die über den heiligen Bund der Ehe hinausging, treu war. Das Exil verleiht der Liebe eine andere Dimension, erhebt sie auf ein Podest, idealisiert sie in übertriebener Weise und weckt Schuldgefühle. Ich wollte keinem anderen Mann als ihm gehören. Selbst nach vierzehn Jahren gemeinsamen Lebens, selbst nach der Enttäuschung, nicht die Familie gründen zu können, von der auch er träumte.

Plötzlich hörte ich mich sagen:

»Ich hätte gern die gegrillte Seezunge mit Feldsalat …«

Ich wusste gar nicht, ob dieses Gericht auf der Karte stand. Die unbewusste Erinnerung an ein anderes Essen am selben Ort hatte meine Wahl geleitet. Laurence erinnerte mich daran, dass ich bei unserem letzten gemeinsamen Besuch genau dasselbe bestellt hatte.

»Willst du nicht etwas anderes probieren?«, fragte sie erstaunt.

»Nein, ganz bestimmt nicht. Ich habe ohnehin keinen großen Hunger.«

Als ich bemerkte, dass unsere Freunde mich verwundert ansahen, begann ich schnell und lauter als gewöhnlich zu reden. Meine Stimme und mein Lachen klangen falsch, aber nach und nach beruhigte sich die Atmosphäre wieder, und sie erzählten von ihren Ferien, von ihren Kindern, ohne zu bemerken, dass ich nur jeden dritten Satz aufnahm. Die Unterhaltung floss dahin, auch wenn ich alles nur mit Verzögerung wahrnahm. Ich verabscheute mich, weil ich meine Umgebung so gut täuschte, und wahrscheinlich wäre ich wieder zur Vernunft gekommen, wenn sich die blauen Augen von den meinen abgewandt und sich der junge Mann, der mir gegenübersaß, auf das konzentriert hätte, was an seinem eigenen Tisch geschah. Statt sich wie ein Einmannorchester zu gebärden. Denn in der Tat verstand er es, mit größter Natürlichkeit alles gleichzeitig zu beherrschen: essen – sie waren schon beim Dessert, während wir gerade erst bestellt hatten –, mir zulächeln, seinen Freunden zulächeln, mir erneut zulächeln, sich für die Fotos interessieren, die sein Nachbar ihm zeigte, mir noch einmal zulächeln, sich eine Zigarette anzünden und sie auf Bitte des Maître d'Hôtel sogleich wieder ausdrücken. In diesem Augenblick bedachte er mich mit einem kleinen, verständnisinnigen Schmunzeln, so als wollte er mir bedeuten: »Hier ist der Nichtraucherteil, und du würdest auch gerne rauchen.« Ich lächelte meinerseits, und Laurence glaubte, ich täte es, um dem zuzustimmen, was sie gerade gesagt und von dem ich nichts verstanden hatte – aber anscheinend war das Lächeln genau passend. Fasziniert konnte ich den Blick nicht von seinen Händen lösen, mit denen er gestikulierte, während er mit seinen Freunden sprach: Sie fuhren im Rhythmus einer geheimen Choreografie durch die Luft und verrieten Reinheit und Sanftheit, Wut und Leidenschaft.

»Es heißt, der Appetit kommt beim Essen«, erklärte Mark, »und das trifft zu. Du hast deinen Salat verschlungen, als hättest du seit einer Woche nichts mehr bekommen!«

Ich lachte aufgekratzt, stammelte eine Entschuldigung.

»Stimmt, wenn Kamran nicht da ist, esse ich nur, wenn ich gerade daran denke …«

In Wirklichkeit wollte ich die Dinge vorantreiben, denn ich sah wohl, dass die, die mir gegenüber saßen, bald zur letzten Etappe – dem klassischen »drei Kaffee und die Rechnung bitte« – schreiten würden. Die blauen Augen würden mich verlassen. »Nein! Nein, warte! Warte auf mich!«, flehte ich mit der ganzen Kraft meines Blicks. Dann konzentrierte ich mich, verstört von meinem Tun, erneut auf meine Freunde, die jetzt über einen Film sprachen, den sie vor Kurzem gesehen hatten und den auch ich mir angeschaut hatte. Sie wollten darüber diskutieren, wissen, was ich davon hielt.

»Roxane! Roxane, alles in Ordnung? Du bist plötzlich so eigenartig …«

Ich zuckte zusammen. Ertappt, ja ertappt war ich auf jeden Fall, ob etwas mehr oder etwas weniger … Und Laurence setzte nach:

»Solltest du nicht eigentlich zu Kamran nach Madrid fahren?«

Ich fasste mich gerade noch. Mir war heiß, ich zitterte. Meine feuchten Hände zerkrümelten ein Stück Brot. Ich trank einen Schluck Weißwein. Ein köstlicher, leicht süßlicher Wein, der mich an den Iran erinnerte. Ich wusste, dass Mark ihn extra für mich bestellt hatte, um mir eine Freude zu machen. Er besänftigte mich und machte mich zugleich fiebrig. Ich dachte an Kamran, den Mann, dem ich im Alter von zwölf Jahren versprochen worden war. Nie, nie würde ich ihm Schmerz zufügen wollen. Laurence und Mark könnten mich die ganze Nacht durch befragen, sie würden nichts erfahren, meine Seele gehörte mir, nur mir. Das hatte ich gelernt, als ich mein Land verlassen hatte.

»Ja, ich sollte zu ihm nach Madrid fahren, aber ich weiß nicht, ob das möglich sein wird. In der Buchhandlung haben wir zu wenig Personal, außerdem bin ich müde.«

Müde, ja. Vor allem verstört. Laurence missverstand mich. Sie sagte mitleidig:

»Wie schade. Da hättet ihr etwas Zeit für euch gehabt. Aber entschuldige bitte, ich mische mich in Dinge ein, die mich nichts angehen. Es ist nur, weil du so wenig von deinen Gefühlen preisgibst ... Ich bewundere dich dafür, du beklagst dich nie, zeigst nie deinen Kummer ...«

»Hör auf, ich bin alles andere als die perfekte Frau, die du beschreibst ...«

Denn ich lüge, ich erschaudere unter dem eindringlichen Blick dieses jungen Mannes, von dem ich nichts weiß ...

So. Sie schicken sich zum Aufbruch an. Die Rechnung ist bezahlt, die Kaffeetassen sind leer. Die junge Frau von der Garderobe bringt ihnen die Regenmäntel. Es bleibt nur ein Ausweg. Ein erbärmlicher und unwürdiger Ausweg, aber ich habe keine andere Wahl und entscheide mich dafür.

»Laurence, ich möchte gehen. Ich fange morgen früh an und …«

»Oh, natürlich, ich verstehe. Mark und ich wollen auch nicht unbedingt ein Dessert nehmen. Wir bringen dich mit dem Wagen nach Hause …«

Ich unterbreche sie:

»Nein, nein, das ist nicht nötig, ich gehe lieber zu Fuß. Ein bisschen frische Luft tut mir gut, es ist so warm hier drin …«

Sie mustern mich etwas erstaunt. Vor allem Laurence, Frauen haben einen sechsten Sinn für solche Sachen! Ich schlüpfe schnell in meinen Regenmantel, den ich neben mich auf die Bank gelegt habe, und werfe einen eiligen Blick zu der Drehtür. Sie sind lachend ins Freie getreten. Als ich mein Portemonnaie zücke, um meinen Teil zu bezahlen, schüttelt Mark den Kopf:

»Kommt überhaupt nicht infrage! Pass gut auf dich auf, Roxane. Sehen wir uns, wenn Kamran zurück ist?«

»Ja, ja, mit Vergnügen.«

Ich umarme sie und verspreche, sie anzurufen, falls ich mich heute Nacht nicht gut fühlen sollte. Mein Herz ist schon draußen, wo das seine schlägt ... Ich schäme mich. Alles, was ich nicht bin, was ich stets abgelehnt habe, bin ich im Begriff zu tun. Das ist vulgär, feige, unrein. Ich bin also bereit, das Blau meines iranischen Himmels gegen ein anderes einzutauschen, ein klareres, transparenteres, das doch mehr Tiefe hat. Ein Blau, in dem man ertrinken kann. Ich stammele ein erbärmliches Auf Wiedersehen, wäre beinahe gestolpert, als ich mich im Vorbeigehen in dem weißen Tischtuch verfange, ich strauchele und hoffe, dass Laurence und Mark diese Unsicherheit der Müdigkeit zuschreiben, von der ich gerade gesprochen habe.

Hat er verstanden, was ich vorhabe? Einige Meter vom Restaurant entfernt steht er und unterhält sich mit seinen Freunden, um Zeit zu gewinnen. Er hat mich gesehen, natürlich. Trotzdem sagt er nicht Auf Wiedersehen, der Abschied zieht sich immer länger hin, als man meint. Ich errate, dass er nichts zu unternehmen wagt, diese Schüchternheit trifft mich wie eine Ohrfeige. Wenn er es nicht wagt, wie könnte ich es dann tun? Meine Kühnheit hat schon die Grenzen der Vernunft überschritten. Trotzdem mache ich einige Schritte in seine Richtung, immer noch mit dem Gefühl, mich zu beschmutzen. Endlich trennen sie sich, er scheint zu zögern. Er drückt seine Zigarette aus. Er überquert den Boulevard Saint-Germain, obwohl die Fußgängerampel rot zeigt. Ich habe Lust, ihm zuzurufen, er solle aufpassen, aber die Straße ist verlassen. Ich warte, bis das Licht auf Grün gesprungen ist, und folge ihm. Er geht langsam, den Kragen seines Regenmantels hochgeschlagen. Er wirft kurze Blicke nach rechts und links, ich weiß nicht warum, aber ich errate, dass er eine geöffnete *Bar-Tabac* sucht. Vielleicht will er auch nur diese leichtfertige Frau abschütteln, die ihm folgt und allen Stolz vergessen hat. Eine Frau, die verzweifelt genug ist, um einem Unbekannten nachzulaufen, muss er denken. Nein, er sinnt eher auf eine Möglichkeit, mich anzusprechen. Worauf wartet er? Eigenartig, er geht, ohne es zu wissen, in die Richtung, in der ich wohne. Jetzt sind wir vor der Kirche Saint-Germain angelangt. Meine hohen Absätze hallen auf dem gepflasterten Teil des Platzes wider, ich mache Lärm, aber was soll es, ich bin ohnehin entdeckt. Ich folge ihm noch immer, und ich spüre, dass er spürt, dass ich ihm folge. Wir sind »bei mir«, in meinem Viertel. Wenn er die Rue Bonaparte nimmt, kommt er an einem *Tabac* vorbei, der bis spätnachts offen ist. »Ich gebe ihm einen Weg vor, und er hört ihn.« Was kann man gegen die Zeichen des Schicksals tun? Und warum kämpfen? Wie ich es geahnt habe, biegt er in diese Straße ein. Er beschleunigt den Schritt, so als hätte er das Zeichen der *Bar-Tabac* gesehen. Ich bleibe an der Ecke stehen und warte mit klopfendem Herzen auf ihn. Wenn er herauskommt, spricht er mich an, zwangsläufig, oder er lehnt mich ab und schickt mich weg. »Nein, das kannst du nicht tun«, flüstert mir eine leise Stimme zu. Ich trete zurück in den Schatten, finde Zuflucht in einer Einfahrt. Ich bin zerrissen, zweigeteilt, kann mir unmöglich sagen »Inchallah!«. Ich finde etwas von meiner vergessenen Würde wieder. Der Regen gibt mir recht, und ich empfange die Tropfen wie den Beginn einer himmlischen Strafe.

Es geht alles sehr schnell, ohne dass ich etwas unternehmen könnte. Ich stehe da, versteckt und beschämt, das Gesicht benetzt von Regen und Tränen, ich bin gefangen in meinen Widersprüchen, wie in einem zu engen Kleidungsstück. Ich sehe ihn auf den Bürgersteig treten, zwei Päckchen Zigaretten in der Hand. Er zieht sein Feuerzeug aus der Tasche, geht weiter und versucht, sich trotz des Regens im Gehen eine anzuzünden. Unfähig, irgendeine Entscheidung zu treffen, sehe ich, wie er, konzentriert auf sein dringendes Bedürfnis zu rauchen, vom Bürgersteig tritt. Plötzlich taucht in rasendem Tempo ein Auto in der Nacht auf und verschwindet sogleich wieder. Der junge Mann schreit auf, ehe er stürzt, seine Stirn schlägt auf den Asphalt. Mit einem Satz bin ich bei ihm.

Ich kauere mich neben ihn, nehme seinen Kopf in meine Hände. Unter meinen Fingern spüre ich seinen kalten Nacken. Ein dünner Blutfaden rinnt über seine Schläfen...

Ich bin als Mädchen und als Mutter zugleich geboren, Kind und Frau. Ich tue meine Pflicht. Nichts als meine Pflicht.

Als ich in dieser Nacht nach Hause kam, war das Bild von meinem Leben wieder dieselbe weiße Leinwand, die es zu Anfang gewesen war. Etwas ganz Neues hatte sich soeben ereignet. Davon zeugten Mantel und Seidenschal, die blutbefleckt waren. Ich wollte mich mit meinen beschmutzten Kleidern auf mein Bett legen. Und so einschlafen, ohne den Anrufbeantworter abzuhören, ohne Licht zu machen, ohne mich zu waschen, ohne zu essen. Morgen würde ich ins Krankenhaus gehen.

Es war dunkel im Salon. Ich hatte vergessen, dass ich die Vorhänge zugezogen hatte, bevor ich aufgebrochen war, um Laurence und Mark zu treffen. Jetzt hatte ich den Eindruck, dass dieses Dämmerlicht, in dem die Gegenstände und Möbel in der Mitte zwischen Traum und Wirklichkeit verharrten, das soeben Erlebte sanft fortführten. Zu viel Licht hätte mich sofort in die Realität zurückgeholt. Und ich wollte bleiben in dem, was Thomas Mann »den unmöglichen Ort des unaussprechlichen Verlangens« nennt. Das Unmögliche, den Ort, das Verlangen, alle drei hatte ich soeben gleichzeitig gefunden, und dieses Gefühl hatte etwas Berauschendes und zugleich Erschreckendes. Ich ging in die Küche und schenkte mir ein Glas Rotwein ein, das ich mit in mein Schlafzimmer nahm. Ich trank einen Schluck, dann einen zweiten, sehr schnell. Ich hatte Durst. In meiner Hast verschüttete ich etwas Wein. Ein paar Tropfen fielen auf den Umschlag des Buches, das ich gestern zu lesen begonnen hatte. Ich stellte das Glas auf das Nachtkästchen neben den Stapel von Zeitungen und Magazinen und zündete eine halb heruntergebrannte Kerze an. Die zunächst winzige Flamme schnellte plötzlich aus ihrem goldenen Gitter, das sie gefangen hielt, hervor und offenbarte mir die Konturen deines sanften Gesichtes. Ich ließ mich in dem vergangenen Augenblick nieder, so wie man sich in einen Kinosessel sinken lässt. Mit dieser noch immer beherrschenden rötlichen Farbe. Ich streckte mich auf meinem Bett aus, die Arme vor der Brust verschränkt und begann, deine Stirn zu zeichnen, deinen Mund, deine Hände. Deine Fingerspitzen glitten über meine von der abendlichen Brise noch kühlen Lippen. Ich spürte deinen glühenden Atem. Ich sprach zu dir. Ich sagte: »Alles, was du vergisst, gehört mir«, und das stimmte auch, denn als wir zusammen im Taxi waren, habe ich mich deiner Schatten bemächtigt. Ich habe in allem, was du nicht ausgesprochen hast, gegraben, so wie man in der Erde gräbt, um einen Schatz zu verbergen; unsere Geheimnisse werden dort sorgsam gehütet, dessen kannst du gewiss sein.

Morgen ist heute, und ich werde deinem Licht nachlaufen und versuchen, es einzufangen. Das könnte ein Kinderspiel werden oder ein Erwachsenenspiel. Diese Ungewissheit lässt mich frösteln und wärmt mich zugleich. Heute vernehme ich vielleicht den Klang deiner Stimme.

Als das Telefon klingelte, dachte ich, du wärst es. Ich wusste nicht, ob ich dir *bonjour, au revoir* oder *adieu* sagen sollte.

»Roxane?«

»Roxane?«, wiederholt die Stimme.

Dieser Stimme, die ich nicht wiedererkenne, antworte ich:

»Ich glaube, der Wagen war weiß, ja, er war weiß …«

»Welcher Wagen? Roxane? Ich bin's, Kamran.«

Ich drücke den Telefonhörer, den ich reflexhaft abgehoben habe, fest ans Ohr. Anscheinend bin ich oft mit den Gedanken woanders, sodass man meinen Vornamen häufig ein- oder sogar zweimal wiederholen muss. Das stört mich nicht weiter. Jedes Mal ist es so, als würde ich zur Oberfläche emporsteigen, nachdem ich in die faszinierenden Tiefen abgetaucht bin; ich brauche mehrere Sekunden, um wieder richtig da zu sein. Das ist schon seit meiner Kindheit so. »Roxane! Ro-xane!« Meine Eltern riefen meinen Namen laut durch die glutheißen Alleen und duftenden Winkel unseres parkähnlichen Gartens in Teheran. Ich aber blieb im Schatten der Linden, der Feigen- und Nussbäume verborgen, mit zum Zerspringen pochendem Herzen, mit von tausend verwirrenden Träumen vibrierender Seele. Jene Träume, die ich diesen Bäumen anvertraute – ich habe die Bäume immer geliebt und ihren Schutz gesucht. Ihre Verwurzelung – ganz gleich ob im Iran oder in Paris, Place Saint-Germain –, ist für mich die wahr gewordene Verneinung des Exils. Sie bewegen sich nicht, sind allen Gefahren ausgesetzt, und sie zittern kaum, wenn das Gewitter grollt. Im Iran werden manche Bäume, die sehr alten, gepflanzt in der Nähe der Mausoleen der Heiligen und der Dichter, selbst als heilig erachtet. Die Menschen befestigen Stofffetzen an ihren Ästen in der Hoffnung, dass ihre Wünsche in Erfüllung gehen. Der Koran vergleicht das Wort Gottes mit einem Baum, dessen himmlisches Geäst in tiefen Wurzeln verankert und der zu jeder Jahreszeit Früchte trägt ... Dann plötzlich, nachdem ich eine lange Weile mit diesen wertvollen Verbündeten geplaudert hatte, tauchte ich mit einem glockenhellen Lachen auf, wirbelte den Rock meines zehnten neuen Kleides der Woche herum und rief mit genauestens einstudierter Arglosigkeit: »Ich bin hier!« Ich war glücklich: Man tadelte mich, also existierte ich. Ich sprach mit der Sonne, dem Meer, den Pflanzen und Tieren, ich machte ihnen eine Liebeserklärung, als wüsste ich bereits, dass ich sie eines Tages würde verlassen müssen. Für lange Zeit, vielleicht für immer. Ich probte das Exil. Ich spielte vorzeitig die Szene des Abschieds, und meine Stimme hallte zurück aus den Wäldern südlich des Kaspischen Meeres, die sich bis zum Zagrosgebirge ziehen, bevor sie sich in den endlosen Salzwüsten verloren. So wenigstens stellte ich mir das vor.

Wenn ich blute, so ist es nicht Blut, das fließt – es ist meine Kindheit, jene Kindheit.

Ich frage mit schläfriger Stimme:

»Wie spät ist es?«

»Acht Uhr! Sonst bist du um diese Zeit schon unter der Dusche! Habe ich dich geweckt?«

»Ja. Das heißt nein.«

»Alles in Ordnung? Du klingst so sonderbar...«

Es ist das Wort »sonderbar«, das mich plötzlich aus meiner Benommenheit reißt. Ich darf vor allem nicht sonderbar wirken. Ich muss wieder die junge Frau sein, die glücklich ist, dass ihr Mann sie anruft. Übrigens bin ich auch glücklich, seine Stimme zu hören, doch ich vermag das »gestern Abend« nicht vom »heute Morgen« zu trennen. Ich würde ihm gerne spontan sagen: »Weißt du, gestern habe ich einen Unbekannten gerettet«, aber gleichzeitig weiß ich, dass die Lüge den Sieg über die Wahrheit davontragen wird.

»Ich habe versucht, dich gestern Abend zu erreichen ... Was hast du gemacht?«

»Laurence und Mark haben mich in die Brasserie Lipp eingeladen. Ich wollte eigentlich schon zu Bett gehen, doch dann ...«

»Du hattest recht. Ich möchte nicht, dass du dich in meiner Abwesenheit langweilst und Trübsal bläst, vor allem wenn deine Eltern nicht da sind. Hast du in der Buchhandlung nachgefragt, ob du dir freinehmen kannst, um nach Madrid zu kommen? Wir könnten uns etwas Zeit nehmen, um Ausstellungen und Galerien zu besuchen, das würde dich auf andere Gedanken bringen ...«

Jetzt Paris verlassen? Die Hoffnung begraben, eines Tages wieder in das Blau seines Blicks einzutauchen? Ich wende den Kopf zur Seite und betrachte mich in dem alten Spiegel über der Kommode aus Edelholz, beides Erinnerungen an meine Großmutter mütterlicherseits. Wer ist dieses Mädchen mit dem stumpfen Blick, den zerzausten Haaren, dem verkniffenen Mund? Dann wandern meine Augen zu meinem zerknitterten Regenmantel, meinem Seidenschal, den ich noch immer um den Hals trage. Bin ich das, oder ist es eine Vagabundin, eine Nachtschwärmerin, die soeben von einer turbulenten Party heimkehrt?

Ich schlucke mühsam, fange mich wieder, versuche, vom Thema abzulenken.

»Wie war dein Treffen mit diesem Autor, den du unbedingt sehen wolltest?«

Der Klang meiner Stimme missfällt mir. Ich höre mich sprechen und erröte. Ich treibe ein falsches Spiel, und doch bemerkt Kamran nichts. Die Gebrauchsanweisung, wie eine Lüge in Gang zu setzen ist, kenne ich, eine weitere Anleitung ist nicht nötig, ich habe die richtigen Knöpfe gedrückt.

»Ich habe ihn überzeugen können, dass er bei mir besser aufgehoben ist! Der Wechsel wird mich teuer zu stehen kommen, und es widerstrebt mir eigentlich, Autoren abzuwerben, aber trotzdem bin ich sehr zufrieden.«

Ich antworte sofort und versuche, meine Verwirrung zu verbergen. Ich verfluche mich für diese Suite pathétique, die ich mit blauer Tinte schreibe. Weil es deine Suite ist. Das heißt, vielleicht die unsere.

»Das ist wunderbar, ich freue mich für dich.«

»Weißt du, Roxane, es ist nicht schlimm, wenn du nicht nach Madrid kommst. Wir werden andere Gelegenheiten haben …«

»Du bist nicht allzu enttäuscht?«

»Nein, wirklich nicht! Übrigens, was ist das für eine Geschichte mit dem weißen Wagen?«

»Nichts. Ein schlechter Traum.«

»Na, dann ist es ja gut. Ich muss jetzt aufhören, ich bin schon spät dran, und du anscheinend auch.«

»Ja, stimmt. Ich gebe schnell in der Buchhandlung Bescheid.«

»Okay. Ich rufe morgen wieder an. Und nachdem wir uns nicht in Madrid sehen werden, reise ich wohl irgendwann am Freitag zurück …«

Mit einem Seufzer der Erleichterung legte ich den Hörer auf. Zunächst einmal, und noch bevor ich unter die Dusche springen konnte, musste ich die zweite Etappe auf dem Weg meiner Lüge bewältigen. Aber dieses Mal war es leichter. Ich nahm das Telefon mit in die Küche und leerte, bevor ich die Nummer der Buchhandlung wählte, ein großes Glas Wasser. Ich hatte direkt meinen Chef am Apparat, einen netten und kaum misstrauischen Mann, der mich mochte und meine Arbeit schätzte. Ich erzählte etwas von einer beginnenden Gastritis. Er riet mir, im Warmen zu bleiben und mich auszuruhen. Er fügte hinzu, ich könne auch morgen zu Hause bleiben, falls ich mich nicht besser fühlen sollte. Ich dankte ihm für sein Verständnis und legte etwas beschämt auf. Dabei hatte ich eigentlich überhaupt keinen Grund, mich schuldig zu fühlen. Ich war eine vorbildliche Mitarbeiterin, immer pünktlich, freundlich, wenn nötig stets bereit, ohne Murren Überstunden zu machen. Ich liebte meine Arbeit und gehörte nicht zu denen, die sich wegen eines leichten Schnupfens gleich krankschreiben ließen. Sehr oft arbeitete ich sogar sechs Tage die Woche.

Ich begann, mich meiner Kleider zu entledigen. Ich wollte es machen, wie es in den Kriminalfilmen passiert: sie sofort in eine anonyme Schnellreinigung geben. So könnte ich sie vor Kamrans Rückkehr am Freitag abholen. Dann schaltete ich das Radio ein, um meine Gedanken zu wecken und wieder in die Realität einzutauchen; keine Musik, sondern Nachrichten aus der realen Welt. Damit die Worte der anderen meine, diejenigen, die meinen Geist heimsuchten, beiseitestießen. »Ein weißer Wagen? Ja, ein weißer Wagen … Na und? Es gibt Tausende von weißen Autos in Paris.« Ich ging ins Badezimmer. Ich drehte die Hähne der Dusche ganz auf und bot mein Gesicht, mein Haar, meinen ganzen Körper diesem reinigenden Wasser dar.

Ich blieb lange reglos so stehen, den Kopf in den Nacken gelegt, die Augen halb geschlossen, und versuchte, alles zu vergessen außer diesem Wasser, das ich mal heiß, mal eiskalt wollte und das auf mein Gesicht sprühte, bevor es meinen Rücken hinabrann. Dann stieg ich aus der Dusche und wickelte mich in meinen Bademantel. Ich trocknete mein Haar, und erst jetzt riskierte ich einen Blick in den Spiegel. Ich hatte zwei, höchstens drei Stunden geschlafen, und das sah man mir an. Dunkle Ringe zeichneten sich unter meinen von Wimperntusche verschmierten Augen ab. »Bist du noch bei Verstand?«, dachte ich bei dem erbärmlichen Anblick, der sich mir bot. Nein, weil ich schon die Rückkehr von Kamran vorwegnahm. Ich dachte nicht mehr an seinen Anruf, ich dachte an den Moment, da mein Blick dem seinen begegnen würde, jenen Moment, da ich den Kopf auf seine Schulter legen und ihn fragen würde, ob er eine angenehme Reise gehabt hätte. Denn er würde mich nur mit zärtlicher Stimme fragen: »Geht's dir gut, Liebes?« Ich rechnete im Geist jeden kleinen Verrat zusammen, den jeder meiner Sätze barg. Und die Sanftheit, die ich ihm darbieten und die er missverständlich verstehen und sich sagen würde, dass er eine wunderbare junge Frau geheiratet hatte, ein wenig verträumt, verwirrend, bisweilen auch unvorhersehbar und geheimnisvoll, mit einer blühenden Fantasie ausgestattet, aber so großzügig, so liebevoll, so beschützend. Er würde lächeln, und seine honigfarbenen Augen würden mir von unseren Kinderspielen erzählen, von unseren Schwüren, von unseren Plänen, Reisen, die wir unternehmen würden, wohin ich wollte, wann ich wollte. Ich war so klein und er ein Riese. Seine großen, festen, kräftigen Hände, so anders als die von Sergei – Hände eines Jugendlichen –, würden über mein Haar streichen. »Wie Seide«, würde er sagen und jede Strähne einzeln um den Finger wickeln, bevor er bewundernd hinzufügen würde: »Was ist nur dein Geheimnis?« Auf dieses weitere Missverständnis hin würde ich ihn zum Schweigen bringen, indem ich mich an ihn schmiegte. Und dann …

Gut zwei Stunden später hatte ich mich schließlich wieder im Griff. Dabei war dieser Ausdruck »wieder im Griff haben« lächerlich, weil es mir nicht gelang, mich aus meinem Zustand der Erregung zu befreien. Frisiert, geschminkt, angekleidet, war ich erneut bereit, das Haus zu verlassen. Natürlich wusste ich, dass mich meine Schritte zum Krankenhaus führen würden. Ein Bus, der unten vor meinem Haus hielt, einer der Linie 63, würde mich in fünfzehn Minuten dorthin bringen. Während der Fahrt hätte ich ausreichend Zeit, über mein bevorstehendes Auftreten nachzudenken. Tatsächlich war ich ja der einzige Zeuge des Unfalls. Der Taxifahrer hatte mir seine Hilfe angeboten, als Sergei bereits am Boden lag. Hatte das Personal des Cafés, in dem er seine Zigaretten gekauft hatte, etwas gesehen? Sehr unwahrscheinlich, weil die *Bar-Tabac* ein schlecht geeigneter Beobachtungsposten war. Es war zu spät gewesen, um eine Aussage auf dem Polizeirevier zu machen. Dieses verzögerte Melden würde Verdacht erregen und mich in eine heikle Lage bringen. Ich wollte meine Identität nicht preisgeben. Gleichzeitig fragte ich mich, ob Sergei Verwandte in Paris hatte. Wenn ja, so wären sicher seit dem frühen Morgen Nachforschungen angestellt worden. Bei einem Besuch im Krankenhaus lief ich Gefahr, auf jemanden von seiner Familie oder auf einen Freund zu stoßen. Sergei sollte nicht wissen, dass ich diejenige war, die ihn gerettet hatte. Und hatte ich ihn überhaupt gerettet? War er aufgewacht? Und wenn ja, hatte man ihn auf eine andere Station verlegt? Oder in ein anderes Krankenhaus? Vielleicht könnte ich direkt zu seiner Wohnung, Rue Jacob, Nummer 14 gehen? Ich würde die

Händler, seine Nachbarn befragen. Aber nein, ich durfte auf keinen Fall auf solche Weise in seine Privatsphäre eindringen. Ich hatte kein Recht dazu. Wer war ich für ihn? Wer war ich für ihn in seinem Schlaf? Ich wünschte mir, dass er mir einen kleinen Platz in seinem Gedächtnis einräumte und sich beim Aufwachen sagte: »Ich glaube, ich war nicht allein, es war jemand an meiner Seite.« In seinem Schatten zu leben in alle Ewigkeit, das würde mir genügen.

All dieser Fragen überdrüssig, beschloss ich, mich von meinem Instinkt leiten zu lassen, dabei aber den Boulevard Raspail und seine nähere Umgebung unbedingt zu meiden. Die Intensität der letzten vierundzwanzig Stunden hatten meine Gedanken derart zerstreut, mich derart benommen gemacht, dass ich durchaus in der Lage gewesen wäre, in einem meiner Stammlokale in der Nähe meines Arbeitsplatzes einen Kaffee trinken zu gehen! Draußen war es schön und ungewöhnlich warm für die Jahreszeit; zwanzig Grad hatte der Wetterbericht im Radio angekündigt. Ich verspürte das Bedürfnis, meine Sonnenbrille aufzusetzen, nicht nur um mich vor der Helligkeit zu schützen. Mir gefiel der Gedanke, dass du als Erster meinem Blick und meinen müden Lidern begegnen würdest. Falls du nachher die Augen öffnen und mich anschauen solltest, wollte ich, dass vor dir kein anderer gesehen hat, was du siehst: weder die Concierge meines Hauses, noch der Busfahrer, noch die anderen Fahrgäste oder Passanten. Niemand, niemand außer dir würde Zugang zu den Tiefen meiner Seele haben.

Oft bedarf es nur einer Kleinigkeit, um zwei Wesen zusammenzuschweißen. Durch ein Nichts kann sich unser Leben verändern und von dem Weg abweichen, den wir für vorgezeichnet hielten. Ein Nichts, ein Funken, der zu einer Flamme anwächst. Die Leidenschaft ist intensiver als die Wirklichkeit. Sie übertrifft sie. Vielleicht ist uns nicht bewusst, dass sie in jedem von uns brennt und uns jeden Augenblick in eine ungewisse Zukunft, frei von allen Zwängen, katapultieren kann. Diese magnetische Kraft, der wir instinktiv folgen, wenn wir sie spüren, besitzt eine ungeheuere Macht auf unser Handeln. Auf diese Weise nahm ich die Ereignisse an, die mein Leben verändern konnten.

Ich griff nach der Plastiktüte mit Regenmantel, Seidenschal und Bluse, die ich zur Reinigung bringen wollte, und nach meiner Handtasche und schlug die Tür meiner Wohnung zu, wie man die eines Hotelzimmers zuschlägt, in dem man nur wenige Stunden verbracht hat. Ich empfand dabei dieses Gefühl der Leere, das mich bisweilen in den schmerzlichsten Momenten des Exils überkommt.

Während ich die Treppe hinabstieg, erfand ich eine raffinierte Kalligrafie, um dir, zusätzlich zu meinem Blick, diese wenigen Zeilen zu schenken, eine Art Brücke von Exilant zu Exilant, die ich dir an dem Tag, an dem du mich an den Gedichten von Pablo Neruda teilhaben lässt, vortragen möchte ... An diesem Tag, sollte Gott ihn mir gewähren, erzähle ich dir von Chijam, einem der größten persischen Dichter. Beim Hinaustreten auf die Straße rezitierte ich dir leise einen seiner vielen Vierzeiler, die ich auswendig kannte:

Nur Puppen, mit denen das Schicksal spielt, sind hier auf Erden wir.
Erkennen muss jeder das, der klaren Gesichts,
Figuren auf dem Schachbrett gleich geschoben werden wir,
Dann nimmt man uns hinweg und legt uns in den Sarg des Nichts.

Jeder Mensch verabscheut den Geruch in Krankenhäusern. Jeder außer mir, zumindest genau in jenem Augenblick, da ich durch die Eingangstür trete. Denn solange du innerhalb dieser Mauern bist, gehörst du mir. Diese Kliniken ähneln sich alle. Von außen erinnern sie an Festungen, und man sagt sich, wenn man sich nach den verschiedenen Gebäudeteilen erkundigt, müsse man sich mit Sicherheit ausweisen und eine schwierige Hürde nehmen, um an sein Ziel zu gelangen. In Wirklichkeit kann man sich Tag und Nacht darin bewegen, ohne den geringsten Verdacht zu erregen. Man darf nur nicht die für die Patienten und das Personal reservierten Aufzüge nehmen oder sich im Stockwerk oder der Zimmertür irren. Es empfiehlt sich, leise zu sein und dicht an den Wänden entlangzugehen. Möglichst wenig zu sagen. Keine Fragen zu stellen. Sich mit irgendwelchen Schachzügen zu behelfen. Beim Betreten der Eingangshalle war mir sofort klar, dass ich nicht viel kämpfen müsste, um zu dir zu gelangen. Ich wandte mich an zwei Frauen am Empfangsschalter und nannte, die Kehle zugeschnürt, deinen Namen. Eine der beiden warf mir einen flüchtigen Blick zu, bevor sie seufzend das Aufnahmeregister konsultierte.

»Krasin mit C oder K?«, erkundigte sie sich mit gleichgültiger Stimme.

»Mit K«, erwiderte ich hastig.

»Sergei Krasin, Gebäude C, dritter Stock, Zimmer 334«, verkündete sie, ohne mich anzusehen.

Ich dankte ihr und steuerte auf den angegebenen Trakt zu. Also warst du nicht mehr auf der Intensivstation. Hieß das, du warst wieder bei Bewusstsein? Klopfenden Herzens durchquerte ich im Laufschritt die riesigen Gärten und befand mich schließlich vor Gebäude C. Ich war schweißgebadet. Ich hatte plötzlich das heftige Bedürfnis, den Rückzug anzutreten. Das Schwerste stand mir noch bevor. Jener entscheidende Augenblick, in dem eine Krankenschwester oder ein Arzt auf mich zustürzen und mir die berühmte Frage stellen würde: »Sind Sie eine Verwandte?« Hier könnte ich nicht länger lügen. Das Ziffernblatt meiner Armbanduhr zeigte Mittag an. In der Hoffnung, das Personal hätte gerade Pause, machte ich mich auf den Weg zu Zimmer 334. Normalerweise bekamen die Patienten ihr Essenstablett gegen elf Uhr. Diese Gelegenheit musste ich nutzen. Ich betrat einen Aufzug. Zum Glück war ich allein. Ich drückte auf den Knopf zum dritten Stock und hielt den Atem an. Mein Schicksal hing von dieser Tür ab, die sich öffnen würde. Meine Schläfen pochten wild, Rinnsale von Schweiß liefen mir den Nacken hinunter. Meine Hände dagegen waren eiskalt. Ich musste sie um jeden Preis aufwärmen, sonst könnte ich sie nicht auf sein Gesicht legen. Ich war besessen von der Vorstellung, dass dir vielleicht kalt, überall kalt war. Drinnen und draußen. Ein leichter Ruck zeigte mir an, dass ich am Ziel war. Die Metalltür öffnete sich mit einer Langsamkeit, die meine Nervosität noch steigerte. Hier war alles alt, abgenutzt, heruntergekommen. Auch dreckig. Die Tatsache, dass es nach Chlor roch, störte mich weniger als dieser Eindruck von totalem Verfall. Als hätte die Erde in jedem Stockwerk gebebt. Die Gegenstände und die Menschen, alles schien unbeweglich, erstarrt und schwer, so schwer. Als ich Aufzugkabine verließ, wäre ich fast gegen den Rollwagen einer Krankenschwester gelaufen, die mir keine Beachtung schenkte. Mir war, als würde ich auf eine graue Straße treten, in die mit Nummern versehene Gassen mündeten. Am Ende dieser Straße entdeckte ich einen Aufenthaltsraum für die Kranken, die aufstehen durften. Ich sah auch das Schwesternzimmer, dessen Tür weit aufstand. Lachen war zu hören, übertönt von einem Fernsehapparat, der auf höchste Lautstärke gestellt war. »Fernseher leiser!«, brüllte eine Frauenstimme, die aus einer anderen Welt zu kommen schien. Ich schlich dicht an der blassgrün gestrichenen Flurwand bis zum Zimmer 334. Die verglaste Tür war geschlossen. Ich lauschte einen Moment angestrengt. Nichts. Kein Laut drang aus dem Zimmer. Ich reckte mich auf die Zehenspitzen, um mir einen Eindruck von dem Raum hinter der Rauchglasscheibe zu verschaffen. Ich erkannte zwei Betten. Schließlich hielt ich es nicht länger aus und öffnete die Tür mit der Vorstellung, dass nichts von alledem in die reale Welt gehörte. Ich drang heimlich in ein Krankenhauszimmer ein, um einem Unbekannten einen Augenblick des Schlafes zu rauben. Diese Wahrheit würde niemand glauben können. Außer Kamran vielleicht, er, der mich besser kannte als irgendjemand sonst, der wusste, dass ich fähig war, mich am Irrationalen zu berauschen, bis ich daran zugrunde gehe. Er allein wusste das. Und manchmal las ich in seinen Augen, dass ihn diese exzessive Eigenschaft erschreckte. Doch er sagte nichts. Diese Weigerung, die Abgründe der Leidenschaft zu kommentieren, war keine Feigheit, auch keine Nachsicht. Kamran dachte, dass ich in dem Bild bleiben wollte, an dem ich seit meinem zwölften Lebensjahr malte. Er hatte recht. Und unrecht. »Verzeih mir, wenn du kannst«, flehte ich, als ich die Tür öffnete.

Du bist da. Bewusstlos. Auf dem Rücken ausgestreckt, die Arme vor der Brust verschränkt. Im Bett daneben liegt ein dunkelhaariger Mann um die dreißig, der ebenfalls schläft. Sollte ein Verwandter von dir erscheinen, kann ich immer noch so tun, als würde ich deinen Nachbarn besuchen.

Ich nehme meine Sonnenbrille ab und trete näher, mit hängenden Armen und plötzlich ein wenig verloren. Ich wage kaum zu atmen. Ich habe das Gefühl, du könntest jeden Augenblick aufwachen. Es sieht aus, als würdest du träumen oder hättest dich für ein kurzes Nickerchen hingelegt.

Noch ein Schritt, und ich bin nah, ganz nah bei dir. Der Saum meiner Jacke streift das weiße Laken, das dich bis zum Kinn bedeckt und unter dem der grüne Saum deines Hemdes hervorlugt. Heftige Gefühle überkommen mich. Ich strecke meine Hand nach deinem Gesicht aus. Ich wage es nicht. Meine Finger zittern dicht über deiner Haut, die so fein ist wie Notenpapier, schweben über den Ländern, den Flüssen, den Städten, den Turbulenzen und klaren Himmeln. Meine verzückten Finger unterbrechen ihren Flug. Ein Flug ohne Zwischenlandungen, ohne Grenzen und ohne Zorn, da unsere beiden Länder in völliger Gelassenheit und Freiheit aufeinander zugehen. Haut an Haut, Blut an Blut, oder fast. Meine dunklere Haut der Iranerin an der hellen des Russen. Ich habe nie in Geografie geglänzt, aber ich weiß, dass wir am Kaspischen Meer ein Stück gemeinsamer Grenze haben … Ich vergehe vor Lust, dich zu berühren. Ich darf es nicht. Ich kenne jetzt dein Gesicht, deine schmalen Handgelenke, ich erahne deinen schlanken Körper unter dem Laken, ich habe deinen Blick an einem regnerischen Sonntagabend aufgenommen, aber deine Stimme? Ich weiß nichts von deiner Stimme. Ist sie tief oder hoch, warm oder kalt, singend oder monoton, kann sie zornig werden oder sich lachend emporschwingen, kann sie Anteil nehmen, gerührt sein oder traurig werden? Wem antwortet sie, an wen richtet sie sich, wenn sie nur noch ein schwacher Atemhauch ist wie jetzt? Du bist sicher zu jung, um schon Kinder zu haben, doch ich kann mir nicht vorstellen, dass es in deinem Leben keine Frau, keine Geliebte oder enge Freundin gibt. Doch gestern Abend im Restaurant erzählte mir dein Blick auch von Einsamkeit. Ich weiß, dass das Lachen, wenn man unter Freunden ist, nichts bedeutet. Sich glücklich geben, ist nicht schwer, selbst wenn man in seinem Innern völlig zerstört ist.

Ich warte jetzt auf diese Stimme. *Deine* Stimme. Später, wenn ich wieder zu Hause bin, werde ich sie mir zurechtbasteln, sie mir vorstellen, sie allein durch die Kraft meiner Gedanken gegenwärtig machen. Du wirst leben, Sergei, und es macht nichts, wenn du es nicht für mich tust. Weil ich dir an einem Sonntagabend im Frühling *adieu* gesagt habe, bevor ich *bonjour* sagen konnte. Du wirst leben, weil du ein Exilant bist, und die Exilanten sind dazu gemacht, sich zu schlagen, gegen die Verzweiflung zu kämpfen und die Hoffnung aufrechtzuerhalten. Du trägst dieses Überleben in deinen Genen.

Plötzlich, während ich reglos und gefasst an deinem Bett stand, die Hände über der unberührten

Landschaft deines schönen Gesichts schwebend, vernahm ich vom Flur her ein Poltern. Das Herz rasend vor Angst, wich ich sofort zurück in Richtung Tür. Jemand würde hereinkommen und mich antreffen, dachte ich in Panik. Dann verstummte das Geräusch – ausgelöst durch den Zusammenstoß zweier Rollwagen. Ein kurzer Wortwechsel zwischen zwei Krankenschwestern gab mir zu verstehen, dass ich nichts zu befürchten hatte. Stille machte sich wieder im Zimmer breit. Ich warf einen raschen Blick zu dem anderen Mann hinüber, der in regelmäßigen Abständen stöhnte. Im Gegensatz zu dir, schien er sich mit finsteren Gedanken herumzuschlagen und zu leiden. Von Zeit zu Zeit zitterten seine Arme und Beine, dann verzerrte er den Mund, und ich hatte den Eindruck, er würde gleich die Augen aufschlagen und mich vorwurfsvoll ansehen.

Ich warf dir eine Kusshand zu: »Vor dir waren meine Träume schöner als meine Wirklichkeit«, flüsterte ich dir leise zu, und ich fühlte, wie eine heiße Woge meinen Körper durchströmte. Wie konnte ich solche ungerechten Worte aussprechen? Und doch trafen sie zu. In diesem Krankenhauszimmer wurde es mir deutlich bewusst. Zum ersten Mal in meinem Leben erfuhr ich eine außergewöhnliche Situation im eigentlichen Sinn des Wortes. Mein Alltag war banal. Komfortabel in materieller Hinsicht, aber banal und vor allem unausgefüllt.

»Wie viele Kinder willst du haben?«, hatte mich Kamran ganz am Anfang unserer Ehe gefragt. »So viele wie Sterne am Himmel!«, hatte ich begeistert geantwortet. Kamran hatte gelacht – er träumte von einer großen Familie –, und die Erinnerung an dieses Lachen, leicht und glücklich, bringt mich heute ganz langsam um, denn wir werden niemals Sterne haben, nicht einmal einen einzigen. Kamran wollte auf keinen Fall eine Adoption, und ich verstehe seine Gründe – es sind auch die meinen. Wir sehen uns nicht in der Lage, durch ein fremdes Kind ein weiteres Exil zu durchleben.

Beschämt, mich an einem Ort wie diesem, an dem so viele Leben still und sinnlos verlöschen, derart dem Selbstmitleid hinzugeben, schluckte ich meine Tränen hinunter. Ich öffnete vorsichtig die Tür, warf einen raschen Blick auf den Flur. Niemand in Sicht. Ich setzte erneut meine Sonnenbrille auf und steuerte mit gesenktem Kopf auf den Lift zu.

Ich lief lange durch die heißen Straßen, und wie immer verirrte ich mich, freiwillig. Der Himmel hatte nicht mehr die Farbe deiner Augen. Und das Grau ist ein schlechter Führer.

Klag nicht den Himmel dafür an, dass Qual
Und Lust und Weh der Liebe dich durchtoben,
Denn so verliebt wie du, nur tausendmal
Hilfloser taumelt er dahin dort droben.

Sergei, ich spreche zu dir und werde bis zu meinem letzten Tag zu dir sprechen, bis ich die Gedichtsammlungen der ganzen Welt ausgeschöpft habe. Denn du bist mein Poet, dessen bin ich gewiss. Weißt du, dass die Poeten im Iran ihre Werke als »Garten« bezeichneten?

Seitdem ich das Krankenhaus verlassen hatte, ging mir ein Lied nicht mehr aus dem Sinn. Dieses Lied hatte ich an besagtem Sonntagabend in dem Taxi gehört. Meine Gedanken kreisten um den Film, aus dem es stammte, und ich hatte Mühe, mich daran zu erinnern, wann ich ihn zum ersten Mal gesehen hatte. Beim Pont-Neuf angelangt, fiel es mir plötzlich wieder ein. Eine Kollegin aus der Buchhandlung, eine eifrige Kinogängerin und Verehrerin von Romy Schneider, hatte mir das Video des Films ausgeliehen mit der Bemerkung: »Du wirst sehen, das ist eine Geschichte für dich.« Eine Geschichte für mich … Ja, jetzt entsann ich mich. Ich hatte mir diesen Film im Laufe einer schlaflosen Nacht angesehen. Kamran war auf Geschäftsreise in New York gewesen und hatte die

Zeitverschiebung vergessen. Sein Anruf hatte mich geweckt, und ich hatte danach keinen Schlaf mehr finden können. Daraufhin hatte ich mich mit Leib und Seele in diese Geschichte hineinversetzt, eine Variation unseres komplexen Schicksals, und war völlig mitgerissen von dem atemberaubenden Spiel von Michel Piccoli und Romy Schneider. Am nächsten Tag noch immer wie unter Schock – die Nacht besitzt diese Fähigkeit, die Gefühle zu überhöhen – hatte ich meiner Kollegin die Kassette zurückgeben wollen, doch sie hatte abgelehnt und gesagt, sie sei ein Geschenk. Diese Geste hatte mich sehr gerührt. Ich hatte mir den Film ein zweites Mal angesehen und viel geweint. Jetzt aber war ich außerstande, mich zu erinnern, wo ich das Video gelassen hatte. Ich war sicher, es nicht verliehen zu haben, wusste auch, dass Kamran es sich nicht angesehen hatte – er interessiert sich wenig für diese Art von Spielfilmen. Nein, selbst bei genauerer Überlegung hätte ich nicht sagen können, was ich damit gemacht hatte. Als ich raschen Schrittes den Pont-Neuf überquerte, bemerkte ich, dass ich mich der Rue Jacob näherte. Diese Feststellung versetzte mich in einen fiebrigen Zustand. Ich hatte das Stadium des Mich-Verirrens längst überwunden und versuchte, jetzt von der Zwangsvorstellung gequält, Sergei zu verlieren, mit allen Mitteln, mich ihm zu nähern.

Ich suchte ihn. Hatte der Prozess des Entzugs bereits eingesetzt? Verwirrt hielt ich einen Augenblick an und stützte mich auf die steinerne Balustrade, um die Vergnügungsdampfer auf der Seine zu betrachten. Kleinen schwimmenden Häusern gleich glitten sie, tagtäglich von Hunderten von Fremden besucht, grazil über den metallisch schimmernden Fluss.

In *Fragmente einer Sprache der Liebe* schreibt Roland Barthes: »Und noch lange nachdem die Liebesbeziehung sich abgekühlt hat, halte ich an der Gewohnheit fest, das einst geliebte Wesen zu halluzinieren: manchmal bange ich noch bei einem verspäteten Telefonanruf, und bei jedem Zufallsanrufer glaube ich die Stimme zu erkennen, die ich liebte: ich bin ein Kriegsversehrter, der auch weiterhin in seinem amputierten Bein Schmerzen verspürt.«

Mehr denn je fand dieser Satz, der mich so erschüttert und den ich in meinem Notizbuch vermerkt hatte, lebhafte Resonanz in mir und schien mich perfekt zu definieren. Wenn Sergei aufwachte, würde er sich an nichts erinnern. Er hätte mich vergessen. Punktum.

»Roxane, was ziehst du vor: die Bücher oder das Leben?«, hatte mich Laurence eines Tages auf einer Vernissage gefragt, wo wir uns – zusammen mit Mark, Kamran und zwei weiteren befreundeten Paaren – getroffen hatten. »Das Leben natürlich!«, hatte ich spontan geantwortet. Alle hatten gelacht, und Laurence hatte mich sonderbar angesehen. Genau diesen Ausdruck, zugleich neugierig und ungläubig, hatte sie gestern Abend im Restaurant gehabt, als ich überstürzt aufgestanden war und plötzliche Müdigkeit vorgeschoben hatte. Sie hätte genauso gut sagen können: »Das Feuer unter dem Eis ... man weiß ja, wozu das eines Tages führt.«

Ich hatte den Anfang der Rue Jacob erreicht. Seine Straße. Nicht bis zur Nummer 14 zu gehen, wäre lächerlich, redete ich mir ein und trat auf den Bürgersteig der Seite mit den geraden Nummern. Vor der 10 blieb ich stehen. Schüchternheit und Scham lähmten mich gleichermaßen. Ich sah nach links, dann nach rechts, und mein Blick wanderte zurück zu Sergeis Haus wenige Meter von meinem Standort entfernt. Die Fassade, die gerade renoviert wurde, zeugte vom hohen Alter des Gebäudes. Mehrere Arbeiter waren auf dem Baugerüst beschäftigt. Ohne nachzudenken, steuerte ich auf sie zu. Einer von ihnen könnte mir vielleicht Auskunft über meinen schönen Fremden geben.

»Bonjour, Monsieur, ich ... ich bin auf der Suche nach einem jungen Mann«, stammelte ich. »Er wohnt hier in der Nummer 14. Er ist ungefähr fünfundzwanzig Jahre alt, er ist blond, nicht sehr groß, aber sehr schlank und hat blaue Augen ... Haben Sie ihn zufällig gesehen?«

»Nein. Nein, ich habe nichts gesehen«, lautete die unfreundliche Antwort. »Tut mir leid, aber ich habe zu arbeiten ...«

»Ja, ja, natürlich, entschuldigen Sie ...«

Ich unternahm einen weiteren Versuch bei einem älteren Mann, der die Arbeiten zu leiten schien.

»Ein junger Mann mit blauen Augen? Nein. Nein, weiß ich nicht. Außerdem sind wir nicht hier, um das Kommen und Gehen im Haus zu überwachen.«

Mir wurde klar, dass ich auf diese Weise nichts in Erfahrung bringen würde. Ich kam mir albern vor, machte kehrt und wagte nicht einmal, das Gebäude zu betreten und noch weniger, die Concierge zu befragen. Ich suchte mit den Augen nach einem Café oder einer *Bar-Tabac.* Ebenso wie die Taxis bergen diese Orte Tausende von Informationen über Tausende von Menschen. Oft schweigen sie, bisweilen aber geben sie ihre Geheimnisse auch preis. Ich setzte ein freundliches Lächeln auf und öffnete die Tür zu dem Café, das der Nummer 14 am nächsten war. Dabei hoffte ich insgeheim, dass Sergei hier eines Tages einen Kaffee getrunken oder ein Päckchen Zigaretten gekauft hatte. Ich setzte mich an die Theke und bestellte einen Tee. Ich wollte mir gerade eine Zigarette anzünden, als der Kellner mich ansprach:

»Tut mir leid, Madame, doch hier dürfen Sie nicht rauchen.«

»Entschuldigen Sie, eine alte Gewohnheit«, erwiderte ich verlegen.

Er schien sich zu langweilen und trocknete ohne großen Eifer die Gläser aus der Spülmaschine ab. Ich ergriff die Gelegenheit beim Schopf. Nach ein paar Banalitäten stellte ich dieselbe Frage: »Kennen Sie zufällig …? Einen jungen blonden Mann mit blauen Augen … Er wohnt in der Nummer 14 …« Sein »Ja, natürlich« machte mich sprachlos. Ich hatte mit einem Nein als Antwort gerechnet. Um mich gelassen zu geben, nahm ich schnell einen Schluck Tee und wollte das Gespräch wieder aufnehmen, doch der Kellner kam mir zuvor. Er setzte zu einem wortreichen Monolog an, als hätte er seit Tagen mit niemandem mehr gesprochen. Ja, er »kannte« Sergei, »einen jungen, sehr netten Mann, etwas schüchtern mit einem leichten Akzent«. Er hatte ihn einige Male bedient. Er war aber kein Stammgast. Er kam von Zeit zu Zeit, um einen Kaffee zu trinken und ein Päckchen Zigaretten zu kaufen. Er hatte immer Ordner oder Bücher unter dem Arm, die er manchmal fallen ließ. Im Allgemeinen kam er allein, ein- oder zweimal wurde er von einer blonden Frau begleitet, die etwas älter war als er. Die beiden schienen sich gut zu kennen, doch der Barmann hätte nicht sagen können, welcher Art ihre Beziehung war. Eine Frau? Diese Neuigkeit musste ich erst einmal verdauen. Also gab es jemanden in Sergeis Leben. Was hätte normaler sein können? Ich hatte es geahnt, aber … Der Kellner, der ein gutes Personengedächtnis hatte, war gar nicht mehr zu bremsen und erzählte mir weitere Einzelheiten. Und ich musste zugeben, dass alles genau passte. In dem Augenblick, als ich meine Münzen auf die Theke legte, um den Tee zu zahlen, sah er mich an und sagte nachdenklich:

»Übrigens fällt mir gerade ein, dass er seit etwa zwei Wochen nicht mehr aufgetaucht ist … Normalerweise sehe ich ihn täglich vorbeigehen, manchmal winkt er mir zu. Sind Sie …«

Ich ließ ihm keine Zeit, seine Frage zu formulieren. Ich wusste, sobald er sich gefasst hätte, würde er anfangen, über mein Verhalten zu grübeln.

Auf dem Rückweg erwog ich, meine Nachforschungen fortzuführen. Ich könnte durchaus alle Händler im Viertel befragen, angefangen bei dem Schreibwarenladen an der Ecke Rue Bonaparte. Ich würde zur Post gehen, in die Bäckerei, in das Kaufhaus Monoprix, dann weiter zur Sorbonne.

Ich würde alle Straßen hinauf- und hinunterlaufen, und die Orte aufspüren, an denen er vorbeigekommen war, an denen er seine Fußspuren hätte hinterlassen können ... Darüber dachte ich nach, verzichtete aber schließlich tief betrübt auf mein Vorhaben. Wegen der blonden Frau, die der Barmann erwähnt hatte. Ich konnte nicht länger so tun, als würde sie nicht existieren. Doch ich konnte mich auch nicht auf die Suche nach ihr machen.

Erschöpft und orientierungslos verlangsamte ich den Schritt. Während ich niedergeschlagen die Rue Bonaparte Richtung Place Saint-Germain hinaufging, wanderten meine Gedanken zum nächsten Tag, zu den Gesichtern, denen ich in der Buchhandlung begegnen, und den Fragen, denen ich wie gewöhnlich ausweichen würde. Sollte ich weiter eine Gastritis vortäuschen, um einen zusätzlichen Tag zu gewinnen? Nein, das konnte ich nicht. Ich hasste Lügen. Und die Feststellung, dass ich mich für eine Anfängerin gar nicht so dumm anstellte, erschreckte mich. Das hatte Kamran nicht verdient. Niemand hatte das verdient. Im Monoprix an der Rue de Rennes hielt ich an. Der Kühlschrank zu Hause war leer. Am Freitag käme Kamran heim, und ich konnte nicht länger von meinen Vorräten zehren. Ich musste trinken, essen, weiter leben, selbst wenn dieses Leben mir nicht mehr viel bedeutete, seit ich Sergeis Blick begegnet war. Mich hungerte und dürstete nach Blau, doch meine Seele brachte nur noch Schwarz hervor. Ich fühlte mich wie ein Stein, den die Gewalt eines Sturzbachs mitgerissen hatte. Ich war wie benommen. Mein Verstand befahl mir, für die Rückkehr meines Mannes einzukaufen, doch mein Körper versagte mir den Dienst. Ich musste mich am Handlauf der Rolltreppe festklammern, um die letzte Stufe nicht zu verfehlen. Ich zuckte unter dem erstaunten Blick des Wachmanns zusammen, der mich alle zwei, drei Tage in diesem Geschäft sah. Ich war hier Stammkundin, immer gut gelaunt und versäumte es nie, ihm »Guten Tag« zu sagen oder zu fragen: »Wie geht es Ihnen heute?«. Ich liebte diese Rituale, diese Zeichen des Respekts, die ich in meinem Land gelernt hatte und später auch in den Vereinigten Staaten pflegte, wo der Kontakt zu den Menschen – wenngleich oberflächlich – doch viel leichter herzustellen ist als hier. Innerhalb weniger Stunden hatte ich all meine Gesetze übertreten, all meine Orientierungspunkte außer Acht gelassen, die mir die Illusion einer gewissen Sicherheit gaben.

Im Innern des Kaufhauses war es kühl. Trotz der verlockenden Farben, der modischen Spielereien, der Stoffe, der breit gefächerten Palette an Kosmetik und Modeschmuck, kurz all dem, was noch in der Woche zuvor das Glück des *shopping addict* ausgemacht hatte, war mir, als würde ich in eine Kühlkammer treten. Ich nahm einen Wagen und füllte ihn geistesabwesend mit Produkten, die ich, vom Zufall geleitet, aus den Regalen zog. Ich würde mir die Einkäufe liefern lassen, denn ich fühlte mich außerstande, irgendetwas zu tragen, und sei es auch nur eine Flasche Wasser. Für mein Abendessen war ein Fertiggericht ideal, das ich in der Mikrowelle aufwärmen konnte. Ich bezahlte und stieg die Treppe hinauf, mein Gesicht hinter meinem vollen Haar verborgen, um nicht die Aufmerksamkeit des Wachmanns auf mich zu lenken.

Als ich gegen achtzehn Uhr nach Hause kam, machte ich mich daran, das Video von *Les Choses de la vie* zu suchen. Wie besessen begann ich, Zimmer für Zimmer jede Schublade, jeden Schrank zu durchwühlen, Bücher- und Aktenstapel anzuheben, meine Handtaschen auszuschütten und laut mit mir selbst zu reden. Das war idiotisch. Aber ich konnte diesen Drang nicht unterdrücken. Wollte ich mich in der Musik oder in den Worten ertränken? Sicherlich beides. In der Musik wegen der Erinnerung an das Taxi, in den Worten wegen der Szene, in der Romy Schneider, die eine junge Deutsche, von Beruf Übersetzerin, spielt, am frühen Morgen vor ihrer Schreibmaschine sitzt.

Michel Piccoli und sie haben sich gerade geliebt. Sie ist aufgestanden, hat sich in ein blaues Duschtuch gewickelt und ihm den Rücken zugekehrt, das Haar zu einem nachlässigen Knoten geschlungen – wie ich ihn manchmal mit einem Bleistift mache, wenn mir heiß ist oder ich mich konzentrieren will. Man sieht ihren gebräunten Nacken, ihre Haut, die erahnen lässt, wie weich sie ist. Plötzlich wendet sie ihm ihr von Leidenschaft verzehrtes Gesicht zu, und fragt:

»Was ist auf Französisch das Wort für ›lügen‹, ich meine … nicht lügen, sondern Geschichten erfinden …«

»*Affabuler* …«

»Genau: *affabuler!*«

Und er fügt mit einem zärtlichen Lächeln erklärend hinzu:

»Mit zwei ›f‹!«

Ich suchte also hektisch und wie besessen nach der Videokassette, um mich davon zu überzeugen, dass ich sehr wohl in Lüge lebte und nicht in einer erfundenen Geschichte, als das Telefon klingelte. Es war Kamran. Genauso gut hätte es irgendein Werbeanruf sein können, aber ich wusste, dass er es war. Außer ihm oder meinen Eltern ruft mich nie jemand an. Meistens telefoniert man mit meinen Mann und möchte dann auch mit mir sprechen, da wir mit denselben Leuten verkehren.

Immer mit denselben Leuten. Ich hob den Hörer ungewöhnlich nervös und gereizt ab. »Du bist so sanft, so ruhig«, sagt Kamran immer. Das stimmte. Jetzt nicht mehr. Mein völlig entnervtes »Hallo!« prallte geradezu auf sein zärtliches »Roxane?« Das plötzliche Bedürfnis zu weinen oder zu schreien, ließ mich das Ausmaß der Katastrophe ermessen.

»Roxane, alles in Ordnung?«

»Ja, alles in Ordnung.«

»Das hört sich aber nicht so an …«

»Doch, ganz bestimmt, alles ist gut. Ich warte nur ungeduldig auf deine Rückkehr. Ach, und ich suche überall dieses Video …«

»Welches Video?«

»Diesen Film … *Les choses de la vie* … Du weißt nicht zufällig, wo er ist?«

»Nein …«

Und lachend, um die Lage zu entschärfen, fügte er hinzu:

»Man muss sagen, wir haben ziemlich viel angesammelt, findest du nicht? Mach dich nicht verrückt damit, ich bin sicher, dass es den Film auf DVD gibt. Ich kaufe ihn dir am Samstag in der FNAC …«

»Ja, gut, entschuldige …«

»Ich umarme dich ganz fest.«

»Ich dich auch …«

Blieb mir nur noch, alles wieder aufzuräumen, was ich durcheinandergeworfen hatte. Kamran liebt Ordnung, und ich glaube, ich auch. Das heißt, wir lieben das, was wir als unsere »bewohnte Unordnung« bezeichnen … Und solange es Bücher gibt …

Früh am Abend zog ich die Vorhänge zu, zündete Kerzen an. Und dachte über all das nach, was meinen Mann und mich verband – und ebenso über alles, was uns trennte. Draußen war Wind aufgekommen. Ich hörte sein Klagen von meinem Bett aus. Erschöpft schlief ich ein, deinen Namen auf den Lippen: *Sergei.*

Im Morgengrauen erwachte ich. In meinem Kopf herrschte absolutes Chaos. Die Gedanken überschlugen sich in wildem Durcheinander. Ich war nicht mehr im Krankenstand. Ich musste eine Möglichkeit finden, meine Arbeit und alles, was, ich fortan als unerlaubt bezeichnen konnte, zu vereinbaren. Außerdem erinnerte ich mich, dass wir in der Buchhandlung eine große Lieferung ausländischer Romane bekommen sollten. Solche Tage waren schwierig, weil alles gleichzeitig zu bewältigen war: der Verkauf, das Einräumen, die Anrufe. Ich musste also den Anforderungen gewachsen sein, allein schon um keine Gerüchte zu nähren. Ich kürzte das Duschen ab und machte mir einen starken, fast schwarzen Tee, verzichtete aber mit Bedauern auf meinen Toast mit Rührei, eine angelsächsische Angewohnheit, die ich beibehalten hatte. Da ich schon wusste, dass ich mich in der Mittagspause ins Krankenhaus begeben würde, bereitete ich mich sorgfältig vor und vergaß auch nicht einige Tropfen meines Lieblingsparfüms Shalimar aufzutragen. Die Vorstellung, dass Sergei mich zwar nicht sehen, aber in gewisser Weise riechen könnte, verwirrte mich unendlich. Ich stellte mir vor, dass er Make-up nicht besonders mochte, und dass er mich mit offenen Haaren, schlicht gekleidet und ohne Schnickschnack vorzog. Kamran hingegen gefiel es, wenn ich Lippenstift und hohe Absätze trug, ein Kleid oder ein sexy Oberteil. Auf dem Flur überprüfte ich mein Bild im Spiegel und sagte mir lachend, dass Sergei und Kamran offenkundig nur eines gemein hatten: die Liebe zur Literatur …

Zu Fuß brauchte ich etwa zehn Minuten bis zu meiner Arbeit. Das war praktisch, und manchmal ging ich sogar zum Mittagessen nach Hause zurück, was mir das Liebste war. Als ich mich auf den Weg machte, war ich von einem Gedanken beherrscht: mich wieder auf die Frau zu besinnen, die ich noch achtundvierzig Stunden zuvor gewesen war. Äußerlich durfte man mir nichts von meinem inneren Aufruhr anmerken. Ich musste gefasst und ruhig erscheinen, keinerlei Anzeichen zeigen, die die Neugier der anderen wecken könnte. Ich musste auf jeden Fall wirken wie das, was ich nicht war: eine junge Frau, deren Leben kein Roman ist.

In der Buchhandlung fragte man mich, ob es mir besser gehe, ich bejahte, und jeder wandte sich wieder seiner Arbeit zu. Obwohl ich mehr als genug zu tun hatte, klebten meine Blicke förmlich an den Zeigern der Uhr. An der Zeit, die mich zu dir zurückbringen würde, Sergei. An diesem Morgen hatte ich Glück. Meine Kollegen legten denselben Überdruss, dieselbe Gleichgültigkeit an den Tag wie gewohnt. Das gab mir die Möglichkeit, mich mittags unbemerkt davonzustehlen. Ich lief zur Haltestelle der Linie 63 und hielt einen Bus an, der soeben losgefahren war. Mit weit ausholenden Gesten zwang ich ihn zum Stehenbleiben, so als hinge mein Leben davon ab, was ja in gewisser Hinsicht auch der Fall war. Als ich einstieg, bedachte mich der Fahrer mit einem kleinen Lächeln. Ich stempelte meine Fahrkarte mit gesenkten Augen, peinlich berührt von diesem Blick, der mich in die Kategorie der Verräter verwies.

Das Wetter war wechselhaft, bald wolkig, bald hell. Es war frisch, und diese Frische tat mir gut. Kurz vor dem Krankenhaus gab es einen Blumenladen. Als ich vor dem Schaufenster stehen blieb und den zarten Duft der farbenprächtigen Rosen einsog, der von den Eimern auf dem Bürgersteig aufstieg, sagte ich mir, dass ich dir gerne Blumen schenken würde. Das war unmöglich. Ich wollte keine sichtbaren Spuren meiner Besuche hinterlassen. Also dachte ich an spirituelle Blumen. Und als ich dein Zimmer betrat und dich in derselben Position mit demselben ruhigen, fast abgeklärten Gesichtsausdruck wie am Vortag antraf, sagte ich halblaut ein Gedicht von Marceline Desbordes-Valmore auf, das ich auswendig kannte:

Ich hab diese Früh dir Rosen bringen wollen;
Mein Gürtel hat zu viele Rosen tragen sollen,
Die Knoten hielten nicht die Last, die sie umschlungen.
Die Knoten rissen. Und die Rosen, windgezogen,
Und alle Rosen sind dem Meer zugeflogen
Und schon auf Nimmerwiedersehn hineingesprungen.
Und rot und wie entflammt von ihnen schien das Meer,
Und mein Gewand ist noch von ihren Düften schwer.
Atme von mir den Balsam der Erinnerungen!

Als ich deine Hand ergriff, deine Wärme spürte und deinem Atem lauschte, wusste ich, dass du nun nicht mehr in Gefahr warst. Auf deinem Gesicht sah ich weder Unebenheiten noch Schatten, ein Tal, bereit in der frischen Morgenluft zu erwachen.

Die Tage der Woche vergingen, und jeden Mittag eilte ich an dein Krankenbett. Ich blieb zehn, fünfzehn Minuten, nie länger. Im Geiste skizzierte ich sorgfältig deine Züge, dann ging ich wieder, bald abgeklärt, bald trunken oder verloren. Genau das drohte mir: die Gefahr des Verlustes. Jeden Abend rief Kamran an, und ich sagte ihm, dass es mir gut gehe. Ich schlief ein und erwachte in einem Rhythmus, in dem ich den deinen erahnte. Ich ließ das Wasser lange, unermüdlich über mein Gesicht, meine geschlossenen Lider rinnen. Ich sah dich überall. Und ich bin sicher, wenn du die Sprache wiedergefunden hast, wirst du mir bestätigen, dass unsere Träume die Gleichen waren, dass ich Durst hatte, wenn du Durst hattest, Hunger, wenn du Hunger hattest, Angst, wenn du Angst hattest, dass sich unsere Sehnsüchte entsprachen. Die Worte, die mit »Tele« beginnen, sind mir nicht die liebsten, aber ich habe doch im Wörterbuch die genaue Definition von »Telepathie« nachgeschlagen: »Es handelt sich um die Übertragung von Gedanken von einer Person auf eine andere ohne Vermittlung der Sinnesorgane.« Und ich habe mir gesagt, wenn diese Telepathie funktioniert, dann würdest du dich an mich erinnern und an diese spirituellen Rosen, die ich dir geschenkt habe, bevor ich die furchtbare Mitteilung bekam: Es ging dir besser. Freitag gegen vierzehn Uhr wurde das Urteil gefällt. Du würdest bald aufwachen. Das war wunderbar und schrecklich. Ich hatte dich soeben verloren.

Zwei Monate später

Ich blättere die Seite des Tages um.
Ich schreibe, was mir
Die Bewegung Deiner Wimpern diktiert.

Octavio Paz

Mein Leben verlief wieder in normalen Bahnen. Fast zwei Monate waren seit meinem letzten Besuch im Krankenhaus vergangen. Ich hatte beschlossen, mich mit Arbeit und gesellschaftlichen Veranstaltungen zu betäuben. Das sah mir gar nicht ähnlich. Zwischen zwei Auslandsreisen nahm Kamran diese plötzliche Veränderung beunruhigt wahr. Doch er forschte mich – auch wenn das Wort etwas stark ist – für meinen Geschmack zu wenig aus. Genau das hätte er lieber tun sollen. Denn wenn er zornig reagiert, mir eine Szene gemacht oder klar seine Zweifel an meinem Verhalten zum Ausdruck gebracht hätte, wäre ich vielleicht zur Besinnung gekommen und hätte die Glut erstickt, die mich Tag und Nacht verzehrte. Seine Freundlichkeit, Zärtlichkeit und sein Verständnis hingegen öffneten dem Verrat Tür und Tor. Eigenartigerweise orientierte sich Kamran an einer Weisheit der orientalischen Frauen. Wie sie war er davon überzeugt, dass man Liebe nicht durch Angst und Autorität bewahren kann. Im Fernen Osten gilt es nicht als Schwäche, Zärtlichkeit, Liebe und Abhängigkeit zu zeigen; es ist vielmehr ein Zeichen von Reife und Verehrung gegenüber denen, die uns lieben. Warum sollte man seine Gefühle nicht zeigen? Warum versuchen, hart und unsensibel zu erscheinen? Kamran lebte in dieser Achtung, diesem Vertrauen, ich hingegen in einem Zustand der Besitzgier, des Alleinanspruchs, dem Bedürfnis nach einem Schutzgeländer. Ich erwartete von ihm, dass er mich zurückhielt, die Stimme erhob, nur ein wenig. Dass er mich zurechtwies: »Was ist los, Roxane?« All die Freiheit, die er mir gewährte und die ich nicht, zumindest noch nicht, in Anspruch nahm, machte mich schwindelig. Von Geburt an hatten meine Eltern mich, ihren wertvollsten Besitz, in einen Käfig aus feinem Gold gesetzt. Ich liebte dieses Gefängnis, nie wurde es mir zu eng darin, ich vermisste es sogar und dachte, Kamran würde mich ebenso behandeln. Zu Anfang unseres Exils hatte er es getan, weil er glaubte, mich behüten zu müssen. Dann hatte er sich dieser Last des Beschützers entledigt und mich immer öfter allein und hilflos zurückgelassen.

Jetzt war ich aufgeregt und unüberhörbar im Haus. Ich schlug die Türen zu, trappelte mit den Absätzen über das Parkett, klapperte mit dem Geschirr und drehte eine Musik, die ich verabscheute, auf volle Lautstärke. Ich war nervös, gereizt, empfindlich. Ich wollte jeden Abend ausgehen, Champagner trinken, ins Kino oder ins Restaurant gehen, Freunde treffen. Ich redete und lachte laut. Ich wurde wieder abhängig und anspruchsvoll wie am Anfang unserer Ehe. Ich bestand darauf, Kamran auf seinen Reisen zu begleiten, und nahm mir deshalb bei meinem Chef Urlaubstage, die er mir, wenn auch ein wenig befremdet, gewährte. Plötzlich wollte ich nach London und New York – beides Städte, die ich sehr gut kannte. Ich ermüdete die anderen und mich selbst.

Dann, an einem späten Sonntagvormittag, kapitulierte ich. Ich sagte mir: »Wozu kämpfen? Du willst Sergei wiedersehen? Dann mach dich auf die Suche, geh diesen Weg zu Ende.« Sich verzetteln, kreuz und quer durch die Welt reisen, führte zu nichts. Es handelte sich um eine Flucht nach vorn, behaglich zwar – Kamran reservierte stets in schönen Hotels mit historischem Flair und ich liebte das –, aber sinnlos. Denn ich war nur in geografischer Hinsicht »anderswo«, doch jede Faser meines Wesens gehörte weiterhin dir. Denn es stand geschrieben, dass nur ein fremder Blick mich ins Wanken bringen könnte.

Emotionales Exil
Geografisches Exil
Emotionales und geografisches Exil
Drei Generationen und drei aufeinanderfolgende Formen des Exils.

Wenn meine Eltern in Paris sind, treffen wir uns sonntags zu einem traditionellen iranischen Essen. Wenn Kamran Zeit hat, gesellt er sich zu uns.

Es ist stets ein fröhlicher Moment, wie alle, die ich mit meiner Familie verbringe. Meine Eltern schätzen Kamrans Gesellschaft sehr. Sie fragen ihn oft nach seiner Meinung zu Büchern, Ausstellungen oder Filmen. Sie bewundern ihn und lauschen ihm besonders aufmerksam. Weit über diese intellektuelle Verbundenheit hinaus sehen mein Vater und meine Mutter uns gerne zusammen. Dieses Bild beruhigt sie und bestärkt ihre Vorstellung, dass ihre Tochter, abgesehen von einer gewissen Melancholie, die ihre Erinnerungen an eine privilegierte Kindheit ausgelöst haben, etwas Starkes, Seltenes und Unzerstörbares hat aufbauen können. Ich möchte nicht, dass sie an der Bindung zu meinem Mann zweifeln. Und wenn mir tatsächlich ein Wort der Trauer oder Enttäuschung über unsere Ehe entschlüpft, mache ich mir Vorwürfe. Und am nächsten Tag vertreibe ich den leisesten Schatten von Bitterkeit mit doppelter Zuneigung und Heiterkeit.

An diesem Sonntag also rief Kamran von München aus, wo er aufgehalten worden war, bei meinen Eltern an. Er entschuldigte sich, nicht bei uns sein zu können. Nachdem er sich kurz mit meinem Vater, dann mit meiner Mutter unterhalten hatte, wechselten wir einige Worte. Um nicht das Misstrauen meiner Eltern zu wecken, gab ich mich besonders liebevoll. Ich allein wusste, wie falsch meine Stimme klang und wie sehr ich innerlich unter meiner mangelnden Unbefangenheit litt. Im Übrigen war mir klar, dass Kamran Lichtjahre davon entfernt war, sich vorzustellen, was ich durchlebte und fühlte.

Als wir nach dem Essen beim Kartenspielen saßen – ich hatte Mühe, die schlimmsten Fehler zu vermeiden, die meinen inneren Aufruhr verraten hätten –, wurde mir plötzlich bewusst, welcher Tag war. Sonntag, der 15. Mai. Und dieses Datum entpuppte sich plötzlich als Geburtstag. Eine kleine dumpfe Stimme hallte in meinem Kopf, verfolgte mich und wiederholte andauernd: »Heute ist Sonntag, heute ist Sonntag.« Ich versuchte, sie zu verdrängen und mich auf das Spiel zu konzentrieren. Fast von einem Unwohlsein ergriffen, legte ich meine Karten hin und lachte nervös. »Ich weiß gar nicht, was heute mit mir los ist, ich spiele so schlecht!« Dann stand ich auf und nahm meine Sachen, um aufzubrechen. Und dieses eine Mal ließ ich sie mit ihrer Sorge zurück.

Ich wollte den Weg in der umgekehrten Richtung gehen. Allein eine Art emotionale Rekonstruktion durchführen. Dabei hatte es kein Verbrechen im eigentlichen Sinne des Wortes gegeben. Nur eine Begegnung. Ich wusste nicht, welche Folgen ein Schädeltrauma oder eine Gehirnerschütterung haben könnte, wenn es das war, was Sergei sich zugezogen hatte. Würde er Anzeige gegen unbekannt, wie es im Fachjargon heißt, erstatten wollen, oder wollte er die ganze Sache lieber vergessen? Das hoffte ich nicht, das heißt, ich wünschte mir, dass er zwar vergessen hätte, aber nicht mich. Während ich in Richtung Place Saint-Germain lief, verschlangen die Wolken die letzten Fetzen blauen Himmels, und ein Gewitter zog auf. Ich hielt inne, um dieser göttlichen Botschaft zu lauschen. In wenigen Minuten wäre es wie an jenem regnerischen Märzsonntag. Das Telefon würde läuten, und es wäre Laurence, die mich einladen wollte, sie und Mark in der Brasserie Lipp zu treffen. Ich würde meinen Regenmantel nehmen, nach meiner Tasche und meinem Schal greifen und meinem Schicksal entgegeneilen ... »Roxane, du bist verrückt«, sagte ich mir und hob die Augen zu den bedrohlichen Wolken. Während alle anderen losliefen, um sich unterzustellen, blieb ich wie angewurzelt stehen und wartete auf diesen gesegneten Regen, der im richtigen Moment eine Erinnerung belebte. Ein erster Blitz ließ die Bäume auf der Place Saint-Germain erbeben und erhellte für eine Sekunde die leeren Bänke. Ich sagte mir, solange es regnete, würde ich in Gedanken deine Hand in der meinen halten. Und selbst später, wenn der Himmel wieder aufklarte, würde ich sie weiter drücken.

So legte ich Schritt für Schritt denselben Weg zurück, hielt an denselben Stellen an, spulte mit pathologischer Präzision diesen Abend ab. An genau dem Ort, an dem ich dich hatte stürzen sehen, zündete ich mir jene Zigarette an, die zu rauchen du keine Zeit mehr hattest. Mit einer Naivität, die mir selbst ein Lächeln entlockte, suchte ich nach Blutspuren auf dem Asphalt. Meine Wallfahrt führte mich auch zu jener *Bar-Tabac,* an der du angehalten hattest, um dich mit Zigaretten zu versorgen. Ich ging hinein. Außer einem Touristenpaar, das an der Theke ein Bier trank, war niemand da. Um nichts unversucht zu lassen, befragte ich den Barmann. »Ein junger Mann? Ein Unfall? Wann soll das gewesen sein? An einem Sonntag? Aber an welchem Sonntag?« Nein, er hatte nichts gesehen und auch nichts gehört. Von der Bar aus konnte man ohnehin die Straße nicht gut überblicken ... Er fragte eine seiner Kolleginnen. Sie erklärte, dass sie an besagtem Sonntag nicht gearbeitet habe und dass hier das Personal ständig wechsle. Ich begriff plötzlich, dass ich hier einer falschen Fährte folgte. Es gab jene, die etwas mitbekommen hatten und nichts sagen wollten, jene, die überhaupt nichts gesehen hatten, und schließlich jene, denen alles gleichgültig war, was sie nicht direkt betraf.

Enttäuscht ging ich nach Hause.

Ich hatte die Kleider abgeholt, die ich am Abend des Unfalls getragen hatte, vor allem den Seidenschal, den ich auf deine Wunde gelegt hatte. Ich erinnerte mich noch an meine Geste, wie weich dieser improvisierte Verband war. Alles war sauber, zu sauber, und der beißende Geruch des *dry clean only* verursachte mir Übelkeit. Zum ersten Mal in meinem Leben verfluchte ich die Effizienz einer Reinigung. Eine zu gründliche Arbeit hatte mir die Reste von dir genommen.

An den darauffolgenden Tagen änderte ich meine Taktik.

Mein Verlangen nahm zu, drängte drauf, gestillt zu werden. »Auf das magische Spiel deines Blickes legten wir den Grundstein unseres Seins«, schreibt der persische Dichter Hafis. Um den Grundstein meines Seins zu legen, brauchte ich Sergeis Augen. Die blauen Augen, die sich endlich in meine versenkten. Blau + schwarz = blauschwarz: Diese Gleichung brauchte ich. Zumindest ein Mal, nur ein einziges Mal.

Ich sagte mir, dass er das Krankenhaus verlassen und vermutlich bereits wieder seinem gewohnten Leben nachging, das sich nicht zwingend auf ein Café, eine Buchhandlung oder eine Bäckerei beschränkte. Die Passagiere meiner Träume benutzten öffentliche Verkehrsmittel, sie reisten, sie gingen ins Kino oder ins Theater, sie bewegten sich. Warum also ließ ich Sergei nicht »sich bewegen«?

Eines Abends nach der Arbeit nahm ich ohne triftigen Grund die Metro; genauer gesagt, ich erstand mehrere Tickets und unternahm eine unterirdische Reise zu jenen Orten, an denen ich glaubte, meine blauen Augen treffen zu können. Ein Student, der für Poesie schwärmt, läuft durch die Straßen, aber er nimmt auch die Metro, er liest unterwegs, er beobachtet, er erhofft sich, Bekanntschaften zu machen.

Ich begann mit der Linie 4, natürlich, sie fährt von der Porte d'Orléans ab und hält an den strategisch wichtigen Stationen: Châtelet, Cité, Saint-Michel, Odéon, Saint-Sulpice. Sie verbindet Orte, die in Sergeis Leben eine Rolle spielen mussten: seine Vorlesungen an der Sorbonne, seine einsamen Spaziergänge am Seineufer, seine Treffen mit Freunden in den umliegenden Cafés. Ich nahm auch die Linie 12: Rue du Bac, Sèvres-Babylone, Rennes, Notre-Dame-des Champs. Die Linie 1, die das Marais-Viertel mit seinen Gärten und kleinen Höfen, der Place des Vosges und dem Picasso-Museum durchquert und an den Tuilerien, dem Louvre und dem Pont-Neuf hält, war ebenfalls von gewissem Interesse. Es war fast acht Uhr abends, und ich wollte mich schon, nachdem ich ein gutes Dutzend Haltestellen »inspiziert« hatte, auf den Heimweg machen, als meine lange Suche an der Station Pont-Neuf belohnt wurde. Die Frachtkähne, die am Seinekai festgemacht hatten, die Bouquinisten … Ich hatte mich nicht geirrt. Er stürmte die Treppe hinunter und sprang in den Wagen, kurz bevor sich die Türen schlossen. Er ließ mir nicht die Zeit, meine Augen hinter der Zeitung zu verbergen, eine Art Schutzschild gegen das Unvorhergesehene – und das Unvorhergesehene war natürlich er –, die ich für den Fall, dass mir das Glück hold wäre, in der Hand hielt. Sein Blick versank direkt in meinem. Verwirrt machte ich mich auf dem Klappsitz am Ende des Waggons so klein wie möglich. Ich hatte versucht, dieses Treffen herbeizuführen, war aber keineswegs darauf vorbereitet. Ich war der Verlierer, denn wie immer hatte ich den Schock, den ein solch unerwartetes Ereignis auslöst, unterschätzt. Ich hatte einen bleichen Kranken zurückgelassen, der, die Augen geschlossenen, an ein Klinikbett gefesselt gewesen war, und sah mich jetzt einem quicklebendigen, vor Energie sprühenden jungen Mann gegenüber, ähnlich wie jeder andere Student. Er trug verwaschene Jeans und einen grauen Pullover. In der einen Hand hielt er eine schwarze Aktentasche, in der anderen ein dickes Buch, offenbar ein Lexikon. Er sah mich unverwandt an, so als hätte er mich erkannt. Im Gegensatz zu unserem ersten Treffen in der Brasserie Lipp und der Kühnheit, mit der ich seinem Blick standgehalten hatte, ließen mich meine Gefühle jetzt den Kopf senken. Zweifel überkamen mich. Hatte er mich wirklich erkannt, oder verwechselte er mich mit einer anderen? An wen oder was erinnerte er sich? Innerhalb weniger Tage hatte ich ihm so viele Roxanes präsentiert! Viele verschiedene Figuren, von denen manche sicherlich für immer im Schatten versenkt blieben, denn das Gedächtnis ist ein grausamer Gefährte, es selektiert, belastet oder entlastet unser Erinnerungskonto nach Belieben. Sergei ... Mein Sergei. War sein Herz hin- und hergerissen zwischen Roxane, der Widerspenstigen und Verführerischen oder der Roxane, die ihm zu Hilfe gekommen war? Hatte er etwas zu der Roxane im nächtlichen Taxi zu sagen oder zu der im Restaurant, die gar nicht schüchtern war? Und wenn er eine einzige wählen müsste, für welche würde er sich entscheiden? Ich hätte mich gerne in die Gemütsverfassung vom ersten Mal versetzt, als mein Blick dem seinen begegnet war. Auf meinen Lippen spürte ich den Geschmack der Küsse, die er mir noch nicht gegeben hatte, und die ich ihm schon stahl. Ich fantasierte über die tausend Nuancen von Blau, während ich in kleinen Schlucken den süßen Weißwein trank, der mich an den

Iran erinnerte. Ja, in diesem Moment hätte ich meine Schüchternheit überwunden und ihm einige Worte zugeworfen, so wie man Flaschen ins Meer wirft. Nur um den Klang seiner Stimme zu hören und die Melodie seines Akzents, vermischt mit meinem, zu genießen.

Doch an diesem Abend gewährte uns das Schicksal nur einen kurzen Moment des Schweigens in diesem quietschenden, rumpelnden Waggon, der uns an metallene, seelenlose Wände stieß, statt uns einander näherzubringen.

So verharrten wir bis zur nächsten Station, er, stehend an die Rückwand einer Bank gelehnt, ich, von Gefühlen überwältigt, auf meinem Klappsitz hockend. Was tat er an der Station Châtelet? Würde ich es eines Tages erfahren?

Als er ausstieg, war ich bereit, ihn anzusprechen, und ich glaube, auch er spürte ein Verlangen, mir etwas zu sagen, doch das Geräusch der sich schließenden Türen fesselte uns in unserem Schweigen.

Während ich ihm nachsah, wie er sich auf dem Bahnsteig entfernte, brannte ich schon vor Ungeduld bei der Vorstellung, ihn wiederzusehen. Denn jetzt war ich mir sicher: Sergei und ich hatten ein Rendezvous. In diesem Leben, nicht in einem anderen.

»Roxane! Ro-xane!«

»Ja!«

»Bist du fertig?«

»Fertig wofür?«

Kamran sah mich mit großen Augen an.

»Das Theater. Wir gehen heute Abend ins Theater …«

»Ins Theater?«

»Ja, ins Théâtre de la Ville. Ich habe die Plätze schon vor langer Zeit reserviert. Die neue Inszenierung von Pina Bausch, die du unbedingt sehen wolltest …«

»Ach? Ah ja, natürlich.«

Sein Blick fiel auf mein offenes Haar, meine sportliche Kleidung, meine vor Angst bleichen Lippen, die sich weigerten, dem Gesetz des »immer nur Lächelns« zu gehorchen, das ich so lange schon peinlich genau befolgte.

»Bist du krank? Wenn du dich nicht wohlfühlst, können wir auch zu Hause bleiben …«

»Nein, nein, kommt gar nicht infrage. Ich ziehe mir schnell ein Kleid an. In fünf Minuten bin ich fertig.«

Unter normalen Umständen hätte das tatsächlich nur fünf Minuten gedauert. Unglaublich, was ich unter normalen Umständen alles in fünf Minuten zu erledigen vermag: meinen Koffer packen, ein Flugticket reservieren, Rechnungen bezahlen, eine Einkaufsliste zusammenstellen … Kamran bewundert meine Fähigkeit, eine Unmenge von Kleinigkeiten in kürzester Zeit zu erledigen. Unter normalen Umständen wäre ich also in mein Zimmer gelaufen, hätte irgendein Kleid aus dem Schrank gezogen und mich gekämmt, aber jetzt hatte ich all meine Bezugspunkte verloren. Ich saß noch mit den blauen Augen, die meine Seele erforschten, in der Metro.

Kamran regte sich nie auf. Zumindest nicht bei mir. Unsere Freunde und seine engen Mitarbeiter sprachen oft von seinem Perfektionismus, von der Härte, die er bisweilen an den Tag legt, der Unnachgiebigkeit bei der Arbeit. Diesen Kamran kannte ich nicht. Der Mann, mit dem ich lebte, brachte nur Bücher, Manuskripte und Akten mit nach Hause, nie aber seine Ängste. Wir sprachen über unsere Zweifel, unsere Sorgen, unser Bedauern, aber all diese Gefühle hatten mit unseren Wurzeln zu tun oder jener Trauer, nie nach Teheran fliegen zu können wie nach London oder Berlin.

Im Auto stellte ich mir diese Frage. Haben wir alle solch eine doppelte Natur? Haben wir alle zwei Gesichter? Eines, das wir zeigen, und eines, das wir entsprechend unserer Stimmungen, unseres Scheiterns oder Verrats verbergen? Jene Freiheit, die wir zu besitzen vorgeben, ist vielleicht nur eine sanfte Droge, die uns ermöglichen soll, unseren Weg fortzusetzen und unserer Todessehnsucht zu entsagen.

Im Theater schlug ich das Programmheft auf, das die Platzanweiserin mir gab, und las: »Wie in allen Schöpfungen von Pina Bausch ist auch hier die Liebe ewiger Gegenstand unseres Strebens, auf den wir nicht verzichten können: Denn das würde bedeuten, sich jeglicher Hoffnung, dem Sinn des Lebens selbst zu berauben.« Und etwas weiter: »Der Weg, der zur Liebe führt, ist nur selten einfach …« War diese Einschätzung ein Klischee oder die Wahrheit hinter allem?

Wie so oft, wenn wir ins Theater oder zu einer Vernissage gingen, traf Kamran auf Bekannte. Ich konnte dem »nach dem Theater«, das heißt einem Drink in einem Nachtklub, nicht entgehen. Ich ließ mich mitziehen. Indem ich nur zuhörte, wie sich die anderen ihre kleinen Geschichten erzählten oder zu irgendetwas beglückwünschten, konnte ich in meinem Metrowaggon an der Station Pont-Neuf verweilen. Mein Mann redete für zwei, und was mich anging, so brauchte ich nur bei jeder seiner Ausführungen zu nicken und die richtigen Adressaten mit einem Lächeln zu bedenken.

Wir gingen sehr spät zu Bett, und als ich am nächsten Morgen endlich aus einem unruhigen

Schlaf erwachte, war mein Mann schon im Büro. Auf dem Küchentisch lag eine Tüte mit noch lauwarmen Croissants und eine Nachricht:

»Warte nicht mit dem Essen auf mich, ich komme spät nach Hause. Arbeite nicht zu viel in der Buchhandlung, ich fand dich gestern Abend recht blass. Ich liebe dich. Hast du Lust, mich nächste Woche nach Turin zu begleiten? Kamran.« Und erneut warf ich ihm diese Freizügigkeit vor, mit der er mir diese Freiheit gewährte, einfach so, an einem Morgen, ohne jeden Hintergedanken. Millimeter für Millimeter, ohne es zu bemerken, trieb er mich zur Lüge hin. Er gab mir sogar genaue Hinweise, wie ich mich ihrer bedienen konnte und über wie viel Zeit ich verfügte. Er hatte ein Geschäftsessen, er würde spät nach Hause kommen.

Ich hatte keinen Hunger. Ich trank einen Kaffee und machte mich fertig. Sorgfältig. Ab dem Augenblick, da ich aus der Haustür treten würde, hätte ich ein Rendezvous oder ein solches stände unmittelbar bevor.

In der Buchhandlung war ich weniger fröhlich als sonst und auch weniger engagiert. Ich fragte mich, ob ich meine Arbeit noch liebte, ob ich überhaupt noch irgendetwas oder irgendjemanden liebte – Sergei ausgenommen. Ich wurde wie die anderen.

Ich zählte die Stunden, wartete auf die Pause. Nicht mehr lange, und ich würde sie im Kalender ankreuzen. An diesem Tag näherte ich mich der Haltestelle der Linie 63, dann nahm ich auf einer Bank an der Place Saint-Germain Platz und aß mein Sandwich. Der Nachmittag zog sich unendlich in die Länge, und ich versuchte nicht einmal mehr, meine Langeweile zu verbergen. Ich war mit der Arbeit in Verzug, fühlte mich jedoch außerstande, mich auf meine Aufgaben zu konzentrieren. Am Abend gegen neunzehn Uhr bummelte ich in der Nähe der Rue Jacob und am Seineufer umher. Das Wetter war recht schön, und der Fluss trug ein schiefergraues Kleid, das eine melancholische Stimmung heraufbeschwor. Bei jedem Schritt streifte ein leichter, frischer Windhauch mein Haar. Und plötzlich sah ich ihn, wenige Meter von mir entfernt. Er lief schnell, so als käme er zu spät zu einer Verabredung. Auch ich beschleunigte meinen Schritt, um den Abstand zwischen uns zu verringern. Mein Herz klopfte zum Zerspringen, ich war vor Aufregung wie gelähmt und zugleich zu allem bereit. Plötzlich wandte er sich um. Hatte er meine Gegenwart hinter sich gespürt oder vielmehr meine Erwartung? Er lächelte mich an, und dieses spontane, entwaffnende Lächeln ließ mich wie angewurzelt erstarren. Mit der Seine im Hintergrund und dem veränderlichen Himmel wirkte er wie ein enthusiastischer Tourist, der für ein Urlaubsfoto posiert. In wenigen Sekunden würde ich zum ersten Mal seine Stimme vernehmen. Denn ich erkannte sehr wohl, dass er diesmal die Schranke unserer Scham überwinden und mich ansprechen würde. Er trat näher und sagte die ersten Worte, die sich für immer in unser Gedächtnis einbrannten – eigentlich banal, aber einzigartig durch den Sinn, den wir ihnen geben sollten.

»Wohnst du in Paris?«, fragte er und sah mir direkt in die Augen.

Fassungslos zögerte ich einige Sekunden, ehe ich ihm antwortete. Er hatte also bereits alles erkannt, alles erfasst, alles von mir aufgenommen. Er duzte mich und wusste schon, dass ich von anderswo kam. Und seine Stimme … Seine Stimme war klar und frisch, mit einem ausgeprägten Akzent, der jedoch schwer einzuordnen war.

»Ja, ich wohne hier«, antwortete ich und zerrte nervös am Riemen meiner Umhängetasche.

Wenn er nicht auf der Stelle weiterspräche, würde ich sterben oder fliehen, denn ich würde nie unterscheiden können zwischen den Bildern unserer gemeinsamen Vergangenheit und denen der Gegenwart. Ich konnte mich nicht von der Vorstellung befreien, dass ich etwas besaß, von dem er nichts wusste: das Geheimnis seines Unfalls. Und zugleich musste ich vorankommen, auf das zugehen, was ich selbst an besagtem Abend in der Brasserie Lipp zu weben begonnen hatte.

»Nimmst du die Metro am Pont-Neuf oder am Châtelet?«, fragte er noch, als hätte er meine Not zu sprechen verstanden und akzeptiert.

Ich wollte gerne die Metro dort nehmen, wo auch er einstieg. Ihm ans Ende der Welt folgen, zu Fuß, mit dem Bus, mit der Metro. In Gedanken folgte ich ihm schon so lange. Aber wie sollte ich ihm all das sagen, ohne den Eindruck zu erwecken, mich mit Leib und Seele auszuliefern? Er sah mich noch immer an, und das Blau seiner Augen überwältigte mich. Jeder Schatten, der darin vorbeizog, war eine andere Version unserer Geschichte. Ich weiß weder, warum, noch, wie wir uns plötzlich entschlossen haben. Ich denke, unsere Blicke haben ein Signal gesendet. Weder er noch ich hatten uns für eine bestimmte Richtung entschieden, und doch erreichten wir schnell die Metrostation Pont-Neuf. Ich war linkisch, schweigsam, uninteressant. Ich hatte kein einziges Wort herausgebracht, während mein Körper in Flammen stand. Ich konnte nicht anders, als lange seine Hände zu betrachten, diese Hände, die ich im Krankenhaus gestreift hatte, während mich die Lust verzehrte, sie an mich zu pressen. In diesem Moment begriff ich, dass ich ihn nie vergessen würde. Die magische Anziehungskraft, die von ihm ausging, traf mich von Kopf bis Fuß.

»Hättest du Lust, in den nächsten Tagen einen Tee oder Kaffee mit mir zu trinken?«

»Ja«, brachte ich mühsam hervor, erleichtert darüber, dass er nicht aufgab und mein Schweigen einfach ignorierte.

Er verstand. Er verstand mich.

»Morgen gegen dreizehn Uhr an der Place Saint-Germain?«

»Morgen, ja gut.«

Sein Gedächtnis hatte also keinen Schaden genommen. Er erinnerte sich an die Place Saint-Germain, an das Versteckspiel, das uns vom Boulevard Saint-Germain zur Kirche und von dort zum Quai Malaquais geführt hatte. Das war immerhin etwas.

»Ich denke, ich gehe zu Fuß nach Hause«, sagte ich unvermittelt und erleichtert, mich für einige Stunden seinem glühenden Blick entziehen zu können.

Er sah mich durchdringend an. Für den Bruchteil einer Sekunde dachte ich, er hätte in mir diejenige erkannt, die ihm zu Hilfe gekommen war, dass ihm das Koma nicht sein Gedächtnis entrissen hätte, doch ich vertrieb diese verrückte Idee auf der Stelle. Wir verabschiedeten uns, und jeder ging seiner Wege.

Ich brauchte eine gute Viertelstunde, um mich zu fassen. Ich war aufgewühlt. Und auch ihn hatte dieses erneute Zusammentreffen hinter seiner Fassade der Gelassenheit bewegt. Hatte der Unfall Spätfolgen nach sich gezogen, und wenn ja, welche? Er sah erholt aus, und auf den ersten Blick hätte niemand ahnen können, dass er rekonvaleszent war. »Wenn man jung ist, erholt man sich schneller«, sagte ich mir, als ich mein Haus erreichte. Ich dachte plötzlich an sein Alter – seinem Studentenausweis zufolge war er seit dem 13. Januar sechsundzwanzig Jahre alt – und an das meine: fünfunddreißig Jahre ...

Um halb neun, direkt nach den Abendnachrichten, beschloss ich, nicht zu der Verabredung zu gehen. Ich wollte keine »Alte sein, die einen Jungen verführt«. Um neun Uhr entschied ich, doch hinzugehen, nur »um zu sehen«, um zehn Uhr nahm ich erneut Abstand davon, und um Mitternacht, nachdem ich ein leichtes Schlafmittel genommen hatte, verschob ich die Entscheidung auf den nächsten Tag.

Ausnahmsweise wachte ich vor Kamran auf. Ich hatte ihn spätnachts nach Hause kommen hören, mich aber nicht gerührt, als er einen flüchtigen Kuss auf meine nackte Schulter hauchte. Innerlich erzitterte ich, zufrieden und zugleich voller

Schuldgefühle, mich einer Umarmung zu entziehen, von der ich wusste, dass sie mir das Herz zerrissen hätte. Ich war besessen von Sergeis Händen. Sie schienen nur für mich geschaffen, um mich zu halten, zu liebkosen, zu nehmen. Ihre Kraft und ihre Feingliedrigkeit hatten mich derart beeindruckt, dass ich sie jederzeit aus der Erinnerung hätte zeichnen können.

Während meines unruhigen Schlafs hatte ich darüber nachgedacht, was ich anziehen, was ich sagen würde. Ich hatte mir auch Angst gemacht mit nicht enden wollenden Zweifeln: »Und wenn mein Chef mich bittet, auf meine Mittagspause zu verzichten?«, »Und wenn Sergei nicht kommt?«, »Und wenn Kamran mich zum Mittagessen einlädt?« Schließlich hatte ich alle Fragen beiseitegeschoben, um nur eine, die in meinen Augen wichtigste, zurückzubehalten: »Und wenn ich ihm nicht gefalle?« Im Grunde hatte ich ihm gegenüber einen gewissen Vorsprung, da ich ihm ein wenig von seiner Intimität geraubt hatte. Würde er mir eines Tages Vorwürfe machen, weil ich im Krankenhaus an seinem Bett gewacht hatte? Nein, denn er würde es nie erfahren. Niemals. Niemand hat es gerne, wenn er im Schlaf beobachtet wird. Und was wusste er von mir? Nichts. Doch durch seine Frage, ob ich in Paris wohnte, hatte er einen ungewöhnlichen Scharfsinn bewiesen. Er hatte erraten, dass ich entwurzelt war, ebenso wie er, und das war vielleicht in seinen Augen mein einziger »Vorzug«.

Als ich meinen Mann aufstehen hörte, entschied ich mich nach unendlichem Zögern für eine schwarze Hose und ein buntes Oberteil mit geometrischem Muster, das ich aus einer Laune heraus in Mailand gekauft und noch nicht getragen hatte. In wenigen Stunden würden diese Kleidungsstücke in alle Ewigkeit Sergei gehören. Die Vorstellung eines »visuellen Geschenks« gefiel mir. Da ich spürte, dass Kamran bald in der Küche auftauchen würde, beeilte ich mich. Aus dem Badezimmer drang der gedämpfte Klang des Radios, das er, wie jeden Morgen, eingeschaltet hatte. Ich wollte unbedingt gehen, bevor er fertig war. Ihn nicht sehen. Seinem Blick nicht begegnen, nicht antworten müssen: »Nein, ich kann nicht«, wenn er mir vorschlagen würde, ihn nach Turin zu begleiten. Indem ich die Wohnung so überstürzt verließ, übte ich zum ersten Mal Verrat an unserem morgendlichen Frühstücksritual, jener ersten Mahlzeit, die wir stets gemeinsam einnahmen.

»Kamran!«, rief ich. »Ich habe heute keine Zeit, mit dir zu frühstücken, aber ich habe dir Kaffee, Rührei und einen Orangensaft gemacht, alles steht auf dem Tisch …«

Seine Antwort hörte ich nicht.

»Wird er kommen?« Den ganzen Morgen über stellte ich mir diese bange Frage. Glücklicherweise ließen meine Kollegen mir kaum Zeit, an etwas anderes als an meine Arbeit zu denken. Wir hatten große Schwierigkeiten mit einer Lieferung aus England, und diese beschäftigte mich den ganzen Vormittag über. Schließlich dachte ich, dass es nicht schlecht wäre, etwas zu spät zu kommen. Das würde mir die Möglichkeit geben, eine gewisse Spontaneität an den Tag zu legen und vor allem, meine Angst zu überwinden. Ich würde mich dafür entschuldigen, dass ich ihn hatte warten lassen, und damit wäre das Gespräch in Gang gebracht. Doch das lag leider nicht in meiner Natur. Ich würde es nicht fertigbringen. Diese Pünktlichkeit ist zweifellos einer der Nebeneffekte des Exils. Man will überall sein, auch wenn man uns eines Tages gesagt hat, wir kämen von nirgendwo her.

Es nutzt nichts, die Dinge zu planen, zu organisieren und vorauszuahnen: Das Interessanteste ist eben genau das, was sich unserem Einfluss entzieht. Wir kamen zur gleichen Zeit auf der Place Saint-Germain an. Vollkommen zeitgleich. So vollkommen, dass es unwirklich schien.

»Ich bin Sergei«, sagte er mit seiner warmen Stimme und reichte mir die Hand, »wie geht es dir?«

Ich lächelte und antwortete:

»*Bonjour,* Sergei.«

Er schlug mir vor, etwas zu laufen, und unsere Schritte führten uns zur Rue Bonaparte, das heißt in die entgegengesetzte Richtung unseres Weges vom letzten Mal. Es war eigenartig und aufregend, sich in diesem unbeschwerten Kontext wiederzufinden, nachdem wir gemeinsam einen schwierigen Augenblick durchgemacht hatten. Ich ließ mich von Sergeis Fröhlichkeit und Spontaneität mitreißen. Seine kindliche Seite entzückte mich und machte mich zugleich neugierig. Er war Mann und Kind zugleich, so wie ich Frau und Kind war. Der Altersunterschied brachte uns einander näher, statt uns voneinander zu entfernen, und unser Äußeres, so unterschiedlich es auch war, ergänzte sich. Sein blondes Haar, seine helle Haut reflektierten sich in meiner braunen Haut, in meinen dunklen Haaren und Augen. In den Schaufenstern der Antiquitätengeschäfte hielt ich heimlich Ausschau nach unserem Spiegelbild, und was ich entdeckte, machte mich noch verwundbarer, brachte mich jener Lüge, gegen die ich mich noch immer wehrte, näher denn je. Wir waren wie Licht und Schatten, und diese Wahrnehmung hatte etwas unendlich Verwirrendes. Ich fühlte mich ihm so nah, dass ich ihm die Geschichte meines Lebens innerhalb von einer Sekunde hätte erzählen können; und es hätte mich nicht gewundert, wenn er gesagt hätte, dass er schon alles über mich wüsste. Wir gingen einer neben dem anderen her, einer im anderen, müsste ich sagen, denn unsere Seelen verschmolzen und teilten uns dies durch ein geheimes Signal mit, das nur wir allein verstanden.

Ausnahmsweise entschied nicht ich. Sergei wusste genau, wohin er mich führen wollte. Ich ging, das heißt, ich hatte den Eindruck, über einen weichen Schneeteppich zu gleiten. Die schmale, laute Straße, auf der sich Busse, Fahrräder und Autos knapp aneinander vorbeidrängten, ließ uns keine Möglichkeit zum Gespräch, aber das war gut so; das Schweigen schützte unsere Geheimnisse und unser bevorstehendes Geflüster. Sergei kannte mein Viertel besser als ich. Er blieb vor einer Hoftür stehen und stieß sie entschlossen auf. Vor uns tat sich einer jener Innenhöfe auf, die Paris so geheimnisvoll machen. Im hinteren Teil verhieß ein dunkelrotes Schild einen Teesalon. Einen russischen Teesalon, wie mir Sergei erklärte. Er kam sehr oft hierher, zog diesen altmodischen und diskreten Ort den zahlreichen Bistros im Viertel vor. Als ich die rissige Fassade und den barocken Eingang sah, dachte ich belustigt an die *Bar-Tabac* in der Rue Jacob, wo ich meine Nachforschungen betrieben und nach der geringsten

Kleinigkeit über Sergeis Leben gesucht hatte … Damals war ich weit von meinem Ziel entfernt gewesen. Dieser ungewöhnliche Ort, abseits der Hektik der Welt, ähnelte uns. Von jetzt an hätten wir einen Platz für uns, und der gefiel mir. Während er voranging, so wie es der Brauch will, hätte ich ihm beinahe mein Geheimnis enthüllt. Ich beherrschte mich gerade noch. Wir hatten keine Zeit für die Wahrheit, nicht für diese Wahrheit. Im Übrigen hatte ich mich schon mit der Vorstellung angefreundet, eine gute halbe Stunde zu spät in die Buchhandlung zurückzukehren.

An einem wackligen Holztisch, der ebenso wie die Wände rot gestrichen war, trank ich meinen ersten russischen Tee. An diesem Tag sprachen wir über alles, nur nicht über unsere Leben. Und diese angeregte Diskussion bot uns die Möglichkeit, das zu überprüfen, was wir im tiefsten Innern schon wussten: durch eines jener göttlichen Gesetze, die dem Verstand entgehen, gehörten wir einander. Jedes Mal, wenn einer etwas sagte, antwortete der andere entzückt: »Ich auch!« Wir fragten uns, riefen uns aus, vergaßen Komma und Auslassungspunkte, als ob die Zeit drängte, als ob die Notwendigkeit bestünde zusammenzufassen, als ob sich im Hintergrund ein weiteres drohendes Exil, eine neue Trennung abzeichnete. Als ob … Die Angst vor dem Abschied … Ein Wind der

Freiheit wehte über unsere Worte und befreite uns von dem Ballast jeglicher Konventionen oder Formalitäten. Zwischen uns herrschte spontanes Vertrauen; auch wenn ich mich beständig selbst zensierte, aus Angst, das zu enthüllen, was zu vergessen mir besser schien.

Wie ich – noch und immer – stolperte auch er über bestimmte Buchstaben und hatte Mühe, das passende französische Wort für gewisse Gefühle zu finden; dann wechselten wir ins Englische über, wie man von einem Kontinent auf den anderen wechselst, ohne seinen Pass zeigen zu müssen. Wir diskutierten über die Schwierigkeiten der französischen Grammatik, über die vielen Fallstricke, und plötzlich streiften seine Augen meinen Ehering aus Gelbgold, der in dem gedämpften Licht ein wenig zu hell glänzte. Sein Blick verriet nicht die geringste Überraschung.

»Es wird viele andere ›morgen‹ in diesen vier Wänden geben«, versuchte ich mir mit unerklärlicher Traurigkeit einzureden, während die Zeit verstrich. Ich musste zurück in die Buchhandlung. Und er? Sicherlich zu seinen Vorlesungen oder zu anderen Verpflichtungen. Wir verabschiedeten uns schnell, plötzlich von heftiger Scham ergriffen. Den Blick in den des anderen versenkt, standen wir einander gegenüber, dort in der Hoftür, hinter der sich für immer unsere verbotenen Spiele verbargen. Auch in dieser Hinsicht glichen sich unsere beiden Kulturen. Ist die körperliche Berührung kompliziert, verfälscht oder irreführend gedeutet, muss man andere Verständigungscodes finden, andere Sinne erwecken, denn sie übermitteln die Nachricht und retten die Geheimnisse. Ich glaube, er hat mich gefragt: »Morgen hier, zur selben Zeit?« Ich habe gelächelt.

Die Gelassenheit, mit der ich die Tür zur Buchhandlung öffnete, sprach für sich. Wie soll man in die Welt des Alltäglichen zurückkehren, wenn man gerade mit einem so betörenden Mann russischen Tee getrunken hat? Die Antwort fand sich sehr rasch. Zum ersten Mal seit Jahren wurde ich kühl empfangen. Ich erfuhr bei dieser Gelegenheit, dass ich egoistisch, inkonsequent, unzuverlässig, unprofessionell und den Problemen anderer gegenüber gleichgültig wäre. Ich wehrte mich nicht. Im Grunde hatten sie ja recht. Ich verstand und akzeptierte das Urteil ohne Selbstmitleid. Ich hatte mich verändert. Und diese Veränderung, die anfangs kaum wahrnehmbar gewesen war, wurde jetzt offenkundig, wenn nicht gar grausam für meine Umgebung. Und nur Kamran blieb in seiner Blindheit verhaftet. Er war gradlinig und vorhersehbar, und ich würde lügen, wenn ich behaupten würde, dass mir das nicht gefiele, doch meine

Begegnung mit Sergei hatte den Beginn eines anderen Weges in die Tiefen meiner Seele aufgezeigt. Ohne es zu wissen, drängte er mich, neue Perspektiven zu suchen, meinen Erfahrungsschatz infrage zu stellen, während mein ganzes Wesen sich nach Beständigkeit sehnte. Nein, ich konnte es meinen Kollegen nicht verübeln, dass sie mir meine Verspätung vorwarfen, mir all diese unangenehmen Dinge sagten. Sie hatten recht. Aber was sie auch sagten, was sie auch taten, es gab für mich kein Zurück mehr.

»Ich kann Menschen nicht verstehen, die ein Doppelleben führen. Wie machen sie das?«, hatte mich meine Freundin Laurence eines Tages erstaunt gefragt. »Du hast recht, ich könnte das genauso wenig«, hatte ich im Brustton der Überzeugung geantwortet. Und es stimmte: Ich konnte es nicht. Und doch war auch ich nun in ein Parallelleben hineingeglitten und verstand noch nicht, wie es dazu hatte kommen können. Jeden Tag traf ich mich jetzt mit Sergei, und jeden Tag belog ich Kamran mit der Dreistigkeit eines Menschen, der sein ganzes Leben lang nichts anderes getan hatte. Ich log, betrog, erfand unsinnige, manchmal sogar alberne Geschichten, um unserem gemeinsamen Leben, unserem Alltag zu entfliehen. Es kam sogar vor, dass ich absichtlich übertrieb. Um meine

Grenzen, aber vor allem seine auszuloten. Und dieser intelligente, dieser brillante und feinsinnige Mann glaubte mir. Er nahm meine Entschuldigungen, meine erbärmlichen Ausflüchte, ohne zu zögern, an. Manchmal stammelte ich auch, außerstande, seinen schönen, ruhigen und liebenden Blick zu ertragen, und hoffte insgeheim, er würde mir eine Fangfrage stellen, die mich zu Fall bringen und ihm alles gestehen lassen würde. Meine Augen verschleierten sich, meine Kehle schnürte sich zu. Aber seine Nachfragen hatten nichts Hinterhältiges. Er kannte die zerstörerische Kraft doppeldeutiger Fragen nicht. Er war ein gradliniger und offener Mensch. »Roxane, geht es dir gut? Bist du sicher?«, fragte er mit nervenaufreibender Besorgnis. Ich seufzte, was er als Zeichen von Erschöpfung deutete, obwohl es nur Ausdruck meines Überdrusses und meines Abscheus vor mir selbst war.

Ich belog meine Eltern, unsere Freunde, auch wenn es gar nicht nötig war. Ich kam der Lüge zuvor, hatte sie stets und überall servierbereit auf einem Tablett, angetrieben von einer Art Reflex. In jenem Moment ermaß ich das enorme Chaos dieser Welt, wo jeder um seine eigene Geschichte kreist, gleichgültig gegen die der anderen. Ich fuhr mich fest, trieb ab, und niemand sah es. Im diesem Augenblick lehnte ich kategorisch die Vorstellung ab, Paris zu verlassen, und sei es nur für zwei Tage. Ich war nicht mehr imstande zu unterscheiden zwischen einem einfachen Wochenende in der Normandie, zweihundert Kilometer von Paris entfernt, und einer Reise ans andere Ende der Welt. Ich brachte alles durcheinander, machte ein Drama aus jeder Sekunde, die ich von Sergei entfernt verbrachte.

Gewiss, ich durchlebte wunderbare, intensive und reine Momente mit ihm, doch am Abend zahlte ich teuer für jede Minute, in der ich mich im Blau seiner Augen verlor und an seinen Worten berauschte. An seinen Küssen auch. An flüchtigen und wunderbar züchtigen Küssen, die wir unbemerkt von den uns umgebenden Menschen tauschten. Noch nie hatte er mir vorgeschlagen, mit ihm nach Hause zu gehen. Er war überaus zurückhaltend und offensichtlich in Sorge, mich durch eine übereilte Geste oder ein Wort, das Ungeduld oder Ungestüm verraten hätte, zu enttäuschen. Ungeduldig war er nicht, und diese Haltung schärfte meine Sinne und steigerte mein Verlangen weiter.

Wie Teenager notierten wir unsere Verabredungen mit Filzstift auf Papierschnipseln, in unseren Handflächen oder auf einer Zigarettenschachtel. Wir trafen uns fast immer in dem russischen Teesalon oder, wenn es das Wetter zuließ, im Jardin du Luxembourg, in den Tuilerien und am Seineufer. Er sprach geradezu unbedarft mit mir, las mir Gedichte von Puschkin vor. Seine Stimme, männlich und zart zugleich, zog mich in ihren Bann. Er liebte es, wenn ich ihm im Gegenzug persische Poesie vortrug. »Du bist also Iranerin?«, hatte er entzückt gefragt, ohne sich jedoch nach weiteren Einzelheiten zu erkundigen. Es genügte uns, zu wissen, dass wir beide Exilanten waren auf der Suche nach einem neuen Leben, weit weg von unseren Wurzeln.

Am Vortag einer jeden Begegnung wählten wir Passagen aus, die wir uns am nächsten Tag vorlesen wollten. Auch dafür musste ich mich verstecken und lügen. Ich wartete, bis Kamran schlief, um mich auf die minutiöse Suche nach Worten, Fotos, Geschichten, Balladen oder Vierzeilern, nach Zeichnungen oder Lithografien zu machen, die Sergei gefallen könnten. Ich markierte unauffällig Seiten, klebte Haftnotizen in Bücher oder unterstrich mit Bleistift Zeilen, die mich begeisterten. All diese Worte gaben mir die Möglichkeit, rund um die Uhr mit ihm in Kontakt zu bleiben. Wir waren durch die Magie eines geheimen leuchtenden Signals verbunden, das wie ein Notlicht ununterbrochen in unseren Seelen blinkte.

Ich hatte mir besagten Gedichtband von Pablo Neruda besorgt, den Sergei am Tag seines Unfalls in der Manteltasche trug. Ohne nachzudenken, und gegen jede Vernunft hatte ich ihn zusammen mit der DVD von *Les Choses de la vie,* die Kamran mir neu gekauft hatte, in meine Handtasche gesteckt. Die Versuchung, ihn diese Musik, Symbol unserer Begegnung, hören zu lassen, verfolgte mich Tag und Nacht, selbst während meiner Arbeit, die ich jetzt so automatisch wie ein Roboter erledigte. Ich ließ den Zeiger der Wanduhr nicht aus den Augen.

Ich wollte ihm gefallen, damit er für immer ein schönes Bild von mir behalten und es wie eines seiner Lieblingsbücher in seine Tasche stecken könnte. Er hatte mir mit großer Aufmerksamkeit und Zärtlichkeit gelauscht, als ich ihm diese Idee von einem Bild, das nie vollendet sein würde, erläutert hatte. Ich wollte für ihn ein Stück von diesem Bild malen, für später, wenn wir uns *Adieu* gesagt hätten, denn ich zweifelte nicht, dass dieser Augenblick eines Tages kommen würde und sogar früher, als ich es mir wünschte.

Eines Tages schenkte er mir eine Anthologie russischer Dichter. Am nächsten Tag überreichte ich ihm im Gegenzug eine zweisprachige Ausgabe in Französisch und Englisch – Sergei beherrschte

Englisch und Spanisch perfekt – der mystischen Gedichte von Rumi.

Ich wartete auf den Augenblick, da er auf unsere erste Begegnung im Restaurant, dann auf seinen Unfall und die eventuelle Erinnerung, die er daran haben könnte, zu sprechen käme. Aber alles war so plötzlich, so überstürzt passiert. Wie hätte er gleichzeitig das weiße Auto, das ihn angefahren hatte, dann mich, die ich ihm zu Hilfe geeilt war, und schließlich das Taxi sehen können? Ich wartete auch, dass er mir von sich erzählte, von seinem Leben, von seinem Exil. Ich wollte ihn nicht drängen. Wir mussten zunächst unsere Sinne beruhigen und diese Faszination, die wir ob der Entdeckung verspürten, wie ähnlich und nah wir uns waren.

An einem regnerischen Nachmittag, an dem wir den Augenblick der Trennung immer weiter hinauszögerten, vertraute er sich mir schließlich an. Er war ganz gegen seine Gewohnheit zehn Minuten zu spät im Teesalon eingetroffen. Ich hatte mir während des Wartens alles vorgestellt, einschließlich der Möglichkeit eines neuerlichen Unfalls. Vielleicht war er auch unserer Treffen überdrüssig geworden, vielleicht würde er nie mehr kommen. Jede weitere Minute, die verstrich, schien meine Befürchtungen zu bestätigen. Mein Blick war auf die Tür geheftet, und jedes Mal, wenn sie sich öffnete, hielt ich den Atem an. Ich nahm es jedem, der eintrat, übel, nicht Sergei zu sein. Nein, er würde nicht kommen, weil er nicht länger erwarten konnte, dass unsere Körper sich je entdecken würden. War ich bereit, mich ganz hinzugeben und das Risiko einzugehen, mich bis ans Ende meiner Tage dafür zu hassen?

Während ich mir diese schmerzliche, quälende Frage stellte, tauchte sein Gesicht unvermittelt in der Türöffnung auf. Er war völlig außer Atem. Ich zitterte so stark, dass ich beinahe in Tränen ausgebrochen wäre. Er bemerkte meine Verzweiflung, stürzte auf unseren Tisch zu und ergriff meine Hände.

»Entschuldige, mein Spanischdozent hat den Kurs viel zu spät begonnen …«

Ich konnte kaum sprechen. Da begann er mein Gesicht mit Küssen zu bedecken, und ich schloss die Augen, um besser seine Freude zu spüren, bei mir zu sein.

»Du hast gedacht, dass … Nein, nein, das würde ich dir nie antun. Du bist viel zu wichtig in meinem Leben …«

Als ich mich endlich beruhigt hatte, nahm er mir gegenüber Platz, ohne meine Handgelenke loszulassen, die er, wie es mir schien, fast zerdrückte.

»Ich bin so lächerlich«, stammelte ich.

»Nein, nein, überhaupt nicht, aber du musst mir vertrauen«, sagte er ernst.

In diesem Augenblick hatte ich das unbestimmte Gefühl, dass er auf die Umstände seines Unfalls zu sprechen käme. Doch wahrscheinlich irrte ich mich, da er sehr schnell weiterredete, um mir zum ersten Mal von seinem Leben daheim in Russland zu erzählen.

Sergei kam aus Nowogrod, einem Ort in der Nähe von Sankt Petersburg. Als ältestes von sechs Kindern einer Familie eher bescheidener Herkunft hatte er ein Stipendium für ein Sprachstudium erhalten und sich in einem kleinen Studentenzimmer in der Nähe der Neva einquartiert. Begeistert von seinen Studien, verbrachte er einen Großteil seiner Zeit in der Fakultätsbibliothek und beschäftigte sich mit der spanischen Kultur, die er so schätzte. Russische und ausländische Studenten und Dozenten trafen sich in dieser Universität in einer Cafeteria, einem wahren Bienenstock, in dem es wimmelte von wissbegierigen Geistern, neugierig auf Entdeckungen. Hier in diesem fröhlichen Wissenstempel diskutierte er stundenlang mit seinen Kommilitonen über Politik, Kunst und Literatur. Wie viele andere junge Leute seines Alters träumte er von einem Anderswo, von Freiheit. Doch das, was er um sich herum sah, machte seine Hoffnungen zunichte.

Eines Morgens, als er an der Theke der Cafeteria einen Kaffee trank, fiel sein Blick auf eine Kaskade goldblonder Locken, dann auf eine Hand, die im Eiltempo Seite um Seite füllte ... Fasziniert von dieser Vision, wie ein Lichtblick an diesem verräucherten Ort, setzte er auf die Intensität seines Blickes, um zu erreichen, dass sich das anmutige über das Papier gebeugte Profil endlich hob. Wenige Sekunden später entdeckte er das Gesicht einer jungen Frau, die kaum älter war als er. Einen Stift in der Hand, lächelte sie ihm zu, ein zartes, ein verträumtes, ein etwas geistesabwesendes Lächeln. Und doch ermutigte ihn etwas Unerklärliches am Verhalten dieser Frau, an ihren Tisch zu treten. Als er sie aus der Nähe sah, ahnte er intuitiv, dass sie Ausländerin war; trotzdem sprach er sie auf Russisch an:

»Guten Tag! Entschuldigen Sie meine Kühnheit ... Ich beobachte Sie seit einer Weile und frage mich, womit Sie so früh beschäftigt sind. Arbeiten Sie an einem interessanten Projekt?«

»Ich heiße Marie, sehr erfreut«, erwiderte sie in perfektem Russisch. »Ich schreibe wohl zum hundertsten Mal die Einführung zu meinem Kurs, denn ich lehre ab heute Französisch hier an der Universität ...«

»Ich bin Sergei«, sagte er, berührt ob ihrer schlichten, natürlichen Art.

Sie war kaum älter als die Studenten, vor die sie würde treten müssen, und machte keinen Hehl aus ihrem Lampenfieber. Sergei hatte plötzlich das Verlangen, sie zu beschützen, zumindest ihr Mut zu machen.

»Seien Sie unbesorgt, Sie werden Ihre Studenten bezaubern …«

»Glauben Sie?«

Sie errötete, und Sergei ärgerte sich, wie ungeschickt er war. Dieser kleine Satz, dazu bestimmt, sie zu ermutigen, hatte sie sicher eher verwirrt. Er bemerkte, dass sie in einem Anflug von Panik auf ihre Armbanduhr sah. Hastig steckte sie den Ordner in ihre Aktenmappe, die auf dem Nachbarstuhl stand.

»Ich muss gehen«, entschuldigte sie sich.

»Es wird bestimmt alles bestens laufen«, beharrte er.

Doch er wagte nicht, den Vorschlag zu machen, sie zu begleiten, sondern fügte nur in scherzhaftem Tonfall hinzu:

»Jetzt weiß ich ja, wo ich Sie frühmorgens antreffe!«

Sie lachte, ohne zu antworten. Sie wirkte jetzt weniger ängstlich, was Sergei ungeheuer erleichterte. Sie trennten sich am Eingang des Gebäudes, in dem die Französisch-, Englisch- und Spanischkurse stattfanden. Am nächsten und an den folgenden Tagen trafen sie sich in der Cafeteria wieder. Sie war Französin, genauer gesagt, Pariserin und nur drei Jahre älter als er. Er nannte sie »Mascha«, die russische Koseform für Marie, und sehr schnell knüpften sie zarte Bande – heimlich, denn persönliche Beziehungen zwischen Dozenten und Studenten standen unter Strafe. Tatsächlich war Mascha sehr viel weniger schüchtern und zerbrechlich, als es zunächst den Anschein hatte. Sie wusste genau, was sie wollte, und war ehrgeizig, findig und manchmal sogar regelrecht kess. Sie handelte entschlossen und hatte keine Angst vor der Zukunft. Pragmatisch, wie sie war, organisierte sie alles und fand stets einen Weg, eventuelle Hindernisse, die sich zwischen ihnen auftaten, geschickt zu umgehen. Sie bat ihre Freunde in Paris, ihr französische und spanische Bücher zu schicken; in Sankt Petersburg waren sie schwer zu finden und sehr teuer. Maschas Gehalt war ausreichend, doch es kam für Sergei nicht infrage, ihre Hilfe anzunehmen. Er bestand jedes Mal darauf, die Bücher zu bezahlen, die sie aus Frankreich kommen ließ.

Während Sergei mir seine Geschichte erzählte, setzte ich die Teile des Puzzles zusammen ... So war die junge blonde Frau, die der Barmann aus der Rue Jacob erwähnt hatte, also sie, Marie, das heißt Mascha. Ich ahnte schon, was folgen würde, unterbrach Sergei aber nicht. Mascha liebte ihn über alles. Sie wollte ihm helfen, ihm Flügel verleihen, damit er die Welt entdecken und dieses Russland verlassen könnte, das ihm nichts mehr gab. Sergei liebte Mascha sehr, bewunderte ihren Mut, ihre Ausdauer, ihre Intelligenz und diesen Lebenswillen, der ihr innewohnte. Er schätzte ihre Gesellschaft und die Augenblicke, die sie zusammen verbrachten. Er schlief gerne mit ihr und widerstand nie lange ihrem Charme und ihrer überschwänglichen Sinnlichkeit. Er liebte sie sehr, doch er war nicht verliebt in sie. Nach einer mehrmonatigen Beziehung, harmonisch und erfüllend für Mascha, unvollkommen und zwiespältig für Sergei, schlug sie ihm vor zu heiraten und zusammen nach Frankreich zu ziehen. Die Sommerferien rückten näher. Mascha konnte ihren Aufenthalt in Sankt Petersburg nicht verlängern: Der war für sie nur ein Praktikum, und sie musste für ihre Lehramtsprüfung nach Paris zurückkehren. Nach reiflicher Überlegung und auf Anraten seiner Eltern, die ihren Sohn mit seltener Uneigennützigkeit in dieses gelobte Land drängten, nahm er ihr Angebot an. Ob er blieb oder aufbrach, er verleugnete sich. In beiden Fällen erwies sich die Wahl als grausam, als Quelle ewigen Bedauerns und schlechten Gewissens. In Russland bleiben und auf seine Träume verzichten oder eine Scheinehe eingehen und die Freiheit auskosten? Er entschied sich schließlich für Maschas Idee, die ihm alles versprach, das er sich seit Jahren vergeblich erhofft hatte. Sie heirateten, waren aber nicht glücklich und hatten keine Kinder …

In Paris änderte sich alles. Sergei entdeckte zugleich Frankreich und das Pariser Leben und wurde regelrecht von Euphorie ergriffen. Seine bescheidenen Mittel hatten es ihm vorher nie erlaubt, die Welt zu bereisen. Mascha fand ihre Freunde wieder, ihre Arbeit an der Fakultät … Sie wohnten in ihrer kleinen Zweizimmerwohnung in der Rue Jacob. Ihre Unterkunft, die für ein junges unabhängiges und kaum zu Kompromissen bereites Paar nicht geeignet war, wurde rasch ein Ort der Konflikte. Sie konnten nicht gleichzeitig arbeiten, ohne zu streiten. Im gegenseitigen Einvernehmen entwarfen sie einen sehr präzisen Stundenplan, der jedem Zeit zum Alleinsein ließ. Und so kreuzten sich ihre Wege nur noch. Mascha war nicht mehr die Frau, die ihn in Sankt Petersburg betört hatte. Sie wurde kühl, reserviert, kam spät heim oder gar nicht. Manchmal schlief sie bei Freunden oder fuhr ohne ihn ins Wochenende. Von diesem neuen Leben, das so wenig seinen Erwartungen entsprach, aus der Bahn geworfen, schrieb sich Sergei an der Sorbonne ein und bemühte sich um Übersetzungsaufträge, um sich seinen Lebensunterhalt zu verdienen. Entgegen allen Erwartungen trugen seine Bemühungen Früchte. Heute arbeitete er regelmäßig für mehrere Verlage, wodurch er seinen Anteil an der Miete, die Kosten für sein Studium zahlen und sich hin und wieder einen Abend im Restaurant leisten konnte. Er würde gerne in ein oder zwei Jahren den Lehrberuf ergreifen, aber nicht wie Mascha an der Universität, sondern eher am Gymnasium oder einer anderen Schule. Bisweilen fehlten ihm seine Familie und sein Land so sehr, dass er erwog, nach Russland zurückzukehren. Er schrieb stets an die Seinen und erklärte, es gehe ihm gut, er sei glücklich. Dann besann er sich, überzeugt, dass er sich hier, fern seines Heimatlandes, etwas Neues würde aufbauen können. Die Lektüre eines guten Buches, eine spannende Vorlesung oder ein nächtlicher Spaziergang am Seineufer reichten aus, um ihn wieder zu ermutigen, trotz der unerwarteten Spannungen, die zwischen ihm und Mascha entstanden waren. Nachdem sich die Situation mit jedem Tag verschlechterte, hatten sie beschlossen, sich zu trennen und jeder seiner Wege zu gehen. Dank einer Freundin von Mascha hatte Sergei einen jungen Englischlehrer kennengelernt, der mehrere Mitbewohner suchte, um seine große Wohnung am Montparnasse mit ihm zu teilen. Er würde nächsten Monat umziehen …

An diesem Punkt seines Berichts hielt Sergei inne und tauchte seinen Blick in meinen. Dabei verzog er ein wenig traurig den Mund. Er redete jetzt seit über einer Stunde. Die Bedienung hatte uns schon mehrmals mit einem kleinen Handzeichen bedeutet, dass der Teesalon gleich schließen würde. Wir waren längst Stammgäste geworden, weshalb uns einige Privilegien zustanden, wie das, noch etwa zehn Minuten zu bleiben, nachdem der letzte Gast gegangen war, oder dass unser Tisch stets für uns reserviert war. Es war kurz nach sieben Uhr und wirklich Zeit, zu gehen. Während ich widerstrebend meine Jacke anzog, sagte Sergei:

»Du bist auch verheiratet, nicht wahr?«

»Ja.«

»Und im Exil.«

»Ja.«

»Aber nicht im Eheexil …«

Mein Herz schnürte sich zusammen, und ich murmelte mit unsicherer Stimme:

»Nein. Nein, das kann man nicht sagen.«

»Ich verstehe …«

Und verträumt fügte er hinzu:

»Ich kann es selbst nicht recht glauben … Es ist seltsam, aber ich habe den Eindruck, dich schon lange Zeit zu kennen, dich schon einmal gesehen zu haben … Und diese Gefühle verunsichern mich sehr …«

Verwirrt senkte ich den Blick, außerstande, irgendetwas zu antworten. Draußen schlug mir ein leichter Wind ins Gesicht. Ich hatte es nicht eilig, nach Hause zu kommen. Kamran war wieder ohne mich auf Reisen. Sehr weit diesmal, in Japan, wo er Verlage suchen wollte, die Titel seiner Autoren herausbringen würden. Ich war versucht gewesen, ihm nachzureisen – die Gelegenheit, dieses Land kennenzulernen, würde sich so schnell nicht wieder bieten –, doch ich tat es nicht. Ich könnte Sergei zu mir einladen. Nichts hinderte mich daran. Er fragte mich, ob er mich begleiten könnte, und ich wusste schon, dass sein Streben nach dem Absoluten ihm verbot, vor meiner Haustür mehr zu verlangen als einen keuschen Kuss auf die Wange. Niemals würde er diese Grenze überschreiten, die er aus Achtung vor mir aufrechterhielt.

An diesem Abend schrieb ich ihm mehrere Briefe, die ich gleich darauf zerriss. In einem, dem längsten, erzählte ich ihm alles – die ganze Geschichte. Ich sagte ihm, dass ich nicht länger schweigen, nicht mehr vorgeben könnte, eine Unbekannte für ihn zu sein, wo ich ihm doch einen wichtigen Teil seines Lebens gestohlen hatte. Ich wollte ihm keine Bürde, kein weiteres Problem in seinem bewegten Alltag sein, ich wollte ihn ganz im Gegenteil beschützen und ermuntern, diese mutige Erfahrung auszuleben, auf die er sich, weit von seinen Wurzeln entfernt, eingelassen hatte, und die er, allen Prüfungen zum Trotz, zu Ende führen musste. Das Gefühl der Leere, das mit dem Exil einherging, würde nie verschwinden, doch mit viel Geduld und Mut konnte man an diesem Mangel arbeiten, ihn modifizieren, damit er sich in eine Stärke und nicht eine Schwäche verwandelte. Ich sagte ihm auch, wie groß meine Liebe zu ihm war und dass ich bereit war, ihn im Stillen zu teilen, denn alles könne sich zwischen ihm und Mascha noch zum Guten wenden ... Und während ich ihm das sagte, dachte ich natürlich an mein eigenes Leben, an meine Beziehung zu Kamran. Ich schrieb ihm bis spät in die Nacht hinein und ließ dann, im Wissen, dass all das eine stark moralisierende Seite hatte, sämtliche geschriebenen Spuren, Zeugnisse meiner geistigen Verwirrung, verschwinden.

Sergei war nicht der Typ, der sich beklagte. Er hatte diese seltene Gabe zu relativieren, alle Freuden, einschließlich der kleinsten, die sich ihm boten, auszukosten. Diese Fähigkeit, sich sein Glück zu schmieden, zog mich magisch an. Und wenn eine Wolke das reine und sanfte Blau seines Blickes trübte, erschrak ich sogleich. Eines Tages, als wir am Seineufer entlangspazierten, fand ich ihn besonders nachdenklich, wie abwesend. Nach einer Weile fragte ich ihn:

»Was ist heute los mit dir? Was ist passiert?«

Er antwortete nicht sofort. Dann sah er mich mit solcher Intensität an, dass mein Herz wie wild zu schlagen begann. In seinen Augen las ich alle Liebe der Welt, aber auch etwas Ungläubiges, wie eine stumme Frage. Und da begann er von seinem Unfall zu sprechen. Er erinnerte sich, von einem Wagen angefahren worden zu sein ... Er sprach langsam, wählte bedächtig seine Worte, und ich sah, dass er mit ungeheurer Anstrengung in seinem Gedächtnis forschte. Ich wusste nicht, wie ich derart ruhig bleiben konnte, so sehr hielt mich sein Blick gefangen, unmöglich, ihm zu entkommen. Ich hatte den Eindruck, als suchte er in mir eine Antwort.

»Ich glaube, es war eine Frau, die mich gerettet hat«, unterbrach er plötzlich das Schweigen.

»Oh ... Und ... Und du hast diese Frau gesehen?«, fragte ich und versuchte dabei verzweifelt, natürlich zu wirken.

»Nein ... Nein, ich habe sie nicht gesehen. Alles ging so furchtbar schnell. Ich kam aus einem Restaurant, in dem ich mit Freunden zu Abend gegessen hatte ... Ich erinnere mit an die *Bar-Tabac,* wo ich Zigaretten gekauft habe ... Was danach war, weiß ich nicht mehr. Es ist sehr verschwommen … Ich weiß nur, dass ich großes Glück hatte … Der Aufprall war sehr heftig, mein Kopf ist auf den Asphalt geschlagen, doch die Ärzte haben mir gesagt, das Ödem habe sich sehr schnell zurückgebildet…«

»Ah …«

Wie erstarrt ließ ich ihn weitererzählen. Er hatte das Bedürfnis zu sprechen und es schien ihn unglaublich zu erleichtern.

»Weißt du, Roxane, es ist schwer, zu wissen, dass du dein Leben einem Menschen verdankst, den du nicht sehen, dem du dich nicht erkenntlich zeigen kannst …«

»Ja … Ja, natürlich, ich verstehe … Und was willst du nun tun, um diese … diese Person zu finden?«

»Ich bin schon in die Notaufnahme zurückgegangen und habe gefragt …«

»Ach, ja?«, fragte ich wie benommen.

»Leider wissen Sie dort nichts. Einer der Ärzte meinte, ein Taxifahrer hätte mich ins Krankenhaus gebracht, doch er war sich nicht sicher …«

Ich nutzte das Zögern, mit dem er diese letzten Worte ausgesprochen hatte, um eine Bemerkung zu machen, die ihn entmutigen sollte:

»Das Wesentliche ist doch, dass du gesund und munter bist, oder?«

»Ja, natürlich …«

»Und deine Frau, ich meine Mascha, dürfte in größter Sorge gewesen sein.«

»Ja. Das heißt, nicht sofort. Sie war für mehrere Tage aufs Land zu ihren Eltern gefahren. Sobald sie wieder zurück war, hat sie mich gesucht, zunächst bei unseren gemeinsamen Freunden, dann hat sie bei der Polizei, in den Krankenhäusern angerufen ... Sie hat mich gefunden. Aber ...«

»Aber was?«

Er zog mich fest an sich und flüsterte mir ins Ohr:

»Es ist seltsam, vielleicht sogar verrückt, aber ich bin sicher, diejenige, die ich suche, ist die, die ich lieben werde ...«

Sergei betrieb also eingehendere Nachforschungen. Doch ich bemerkte bald, dass er kaum konkrete Schritte unternahm, so als wäre er sicher, dass der Zufall oder das Schicksal ihm eines Tages den Schlüssel zu dem Rätsel liefern würde. Wir sprachen nicht wieder über den Unfall. Unsere Küsse ließen uns keine Ruhe mehr. Die körperliche Anziehung, die wir empfanden, überwältigte uns. Ich dachte immer weniger daran, meine Begierde zu zügeln oder zu unterdrücken. Die Grundfesten meiner Erziehung zerbarsten, nichts existierte mehr außer diesem Verlangen, das an uns nagte. Ich war zu der Überzeugung gelangt, dass es besser wäre, wegen eines Verrats zu leiden, als grundlos. Eines Abends wurde es offenkundig, dass wir beide dasselbe wollten: ein Hotelzimmer mit geschlossenen Vorhängen und einem Bett für unsere umschlungenen Körper. Ich hatte mich noch nie unter solchen Umständen hingegeben. Sergei auch nicht. Und dieser Unwissenheit, dieser Naivität hatten wir es zu verdanken, dass wir der trivialen Seite der Situation entkamen. Wir suchten nicht nach Sternen, prächtigen Fassaden, vergoldetem Zierrat und rotem Plüsch, um unsere Leidenschaft bis zur Neige auszukosten. Die wahren Sterne glänzten in unseren Seelen, und auf die zählten wir, auf ihre Leuchtkraft, um der göttlichen Strafe zu entgehen, die die verbotenen Liebschaften ereilt. Zwischen Saint-Germain-des-Prés, Montparnasse und Saint-Michel losten wir, indem wir eine Münze warfen. Bei der Zahlseite wählte ich, bei der Kopfseite entschied er. Innerlich hoffte ich feige, das Schicksal möge ihn ausersehen, um später der Last der Schuldgefühle zu entgehen, die mich, daran hatte ich keinen Zweifel, wenn es so weit wäre, überkommen würden. Zahl! Nichts blieb mir erspart. Ich entehrte mich bis zum Letzten.

Dann lag ich nackt im Bett, den Kopf in das Kissen gepresst, das Laken bis zu den Augen hochgezogen. Sergei schmiegte sich wortlos an mich. Ich spürte seinen warmen Körper und sein flammendes, wild hämmerndes Herz. Ich hatte im Halbdunkel gesehen, wie er sich mit gesenkten Augen entkleidet hatte. Unsere Ängste und unser Schamgefühl waren im Einklang und akzeptierten einander bedingungslos. Sein Körper war so, wie ich ihn mir im Krankenhaus unter dem ihn verhüllenden Laken vorgestellt hatte. Seine feinen Muskeln und die helle, samtige Haut erweckten in mir den Wunsch, ihn in meine Arme zu schließen. Er hatte mir von Weitem zugelächelt, so als wolle er meine Züge in ein Fach seines Gedächtnisses gravieren, das er an einem Märzabend definitiv hätte verlieren können. Auf der Suche nach einer sanften Musik hatte er nach dem Programmwahlknopf des in den Fernsehschrank eingelassenen Radios getastet. Dann war er zum Bett gekommen, in das ich mich in einem plötzlichen Anflug von Panik geflüchtet hatte.

Ich wusste nicht, dass es so schwer sein würde.

»Ich begehre dich so sehr«, flüsterte er und zog mich noch fester an sich.

»Ich dich auch«, erwiderte ich, während sich meine brennende Kehle zusammenschnürte und nur noch stumme Schluchzer möglich waren.

Und er begann, die Konturen meines Körpers mit einer solchen Zärtlichkeit nachzuzeichnen, dass er meine Sinne aufs Äußerste erregte. Meine angespannten Muskeln und wirren Gedanken machten mir mit einem Schlag mein Dilemma klar. Ich träumte von diesem Augenblick, seit wir uns das erste Mal gesehen hatten, und doch hielt mich eine unbekannte Kraft am Rande der Lust zurück. »Ohne ihn wird das Leben unerträglich sein«, flüsterte mir eine hinterlistige Stimme zu, während ich darum kämpfte, nicht diese unglaubliche Lust zu verlieren, die ich zugleich herbeisehnte und hasste. Nach dieser Nacht – sofern ich sie mit ihm verbringen würde – wäre ich verloren. Mein Leben war anderswo, weit entfernt von all diesen Lügen, näher, viel näher am Verzicht, als ich es vermutet hätte. Ich musste aufstehen, mich dieser aussichtslosen Umarmung entreißen und gehen.

»Nein, ich kann nicht«, flehte ich leise, in der Hoffnung, er möge mein Gebet nicht hören, denn es war ein Gebet.

Er richtete sich auf und blickte mich zutiefst erstaunt an.

»Bist du dir nicht mehr sicher?«, fragte er.

In seinen Augen konnte ich die Verzweiflung lesen.

»Ich kann nicht«, sagte ich etwas lauter und verbot mir, mich von diesem verstörten Gesicht, den Lippen, auf denen noch unsere Küsse brannten, und der weichen Haut rühren zu lassen.

Es war vorbei. Die Ereignisse, die uns im Laufe der letzten Wochen unzertrennlich hatten werden lassen, zogen vor meinen Augen vorbei; ich bemühte mich schon, diese ausgewählten Passagen aus *Les choses de la vie* unbeteiligt zu betrachten, so als wären mir die Protagonisten nicht bekannt. Doch die Rührung verschlug mir den Atem, und Tränen hingen an meinen brennenden Lidern. Ich machte mir keine Illusionen über das, was mir bevorstand – diese schier übermenschliche Energie, die ich würde aufbringen müssen, um wieder ein wenig inneren Frieden zu finden. Aber ich wusste, dass jegliche Hoffnung in dieser Hinsicht vergeblich wäre, wenn ich mit Sergei schlafen würde. Mein Leben war anderswo, hinter der Tür dieses Hotelzimmers, hinter diesen Fenstern, und es erwartete mich. Ich weiß nicht, woher ich die Kraft nahm, mich vor ihm, der auf dem Bett ruhte, anzukleiden. Seine engelsgleichen Augen glänzten wie zwei winzige Spiegel. Als ich ins Badezimmer ging, hörte ich, dass auch er sich erhob.

»Warte, beweg dich nicht«, sagte er und fasste mich an der Schulter. »Dreh dich nicht um.«

Ich spürte, dass er etwas auf meinen Rücken schrieb. Ich lachte nervös, wollte ihn unterbrechen, doch er flehte mich an, so zu verharren.

»Ich will dir ein Geheimnis aufschreiben.«

Bei aller Befremdlichkeit dieser Situation war ich versucht, dieser Annäherung nachzugeben, die Worte zu vergessen, die ich soeben ausgesprochen hatte, und mich ihm hinzugeben. Zu sehr liebte ich Sergeis Haut, seinen Geruch, seine Wärme, und meine Entschlossenheit hing an einem seidenen Faden …

»So«, sagte er schließlich zufrieden, »mit diesen Worten in meiner Sprache habe ich dir alles mitgeteilt; sie kommen aus der Tiefe meines Herzens, und sagen dir alles, was du wissen musst, nachdem du dich entschieden hast zu gehen …«

»Willst du sie mir nicht vorlesen?«, fragte ich neugierig.

»Nein, durch deine Arbeit mit Büchern weißt du doch genau, dass geschriebene Worte über eine Kraft verfügen, die gesprochene niemals haben können …«

»Wie soll ich es also machen? Wer könnte sie mir vorlesen?«

Ich versuchte zu scherzen, dabei war ich den Tränen nie so nah gewesen wie in diesem Augenblick.

»Ich muss mich nackt ausziehen! Kannst du mir einen russischen Arzt empfehlen?!«

Er lachte, doch weder er noch ich ließen uns davon täuschen.

»Kannst du mich in die Arme nehmen?«

Er zog mich an sich und drückte mich, wiegte mich wie ein Kind.

Erst in diesem Augenblick begann ich zu weinen, leise, den Kopf an seine Schulter gelegt.

Indem ich ihn verließ und aus diesem Hotelzimmer floh, hatte ich die Tür zur Liebe für immer verschlossen. Ich wollte Sergei niemals verlassen, aber ich hatte keine andere Wahl. Eine unwiderstehliche Kraft hatte mich zum Gehen getrieben.

Am nächsten Morgen erwachte ich, von Übelkeit gepeinigt, aus einem kurzen, unruhigen Schlaf. Ich rief sofort in der Buchhandlung an und informierte meinen Chef über meinen Zustand. Ich war krank, im wahrsten Sinne des Wortes. Ich konnte mich nicht aus meinem Bett erheben, das mir zu schwanken schien wie ein Schiff auf aufgewühlter See. Kalter Schweiß rann mir über den Rücken, meine Wangen brannten, und mein Kopf schmerzte furchtbar. Ich schleppte mich in die Küche, um mir Tee zu kochen. Ich konnte mich kaum auf den Beinen halten. Ich trank einige Schlucke, ehe ich taumelnd in mein Bett zurückkehrte. Diese unglaublich heftige körperliche Reaktion erstaunte mich nicht weiter. Schon als Kind bezwang ich meinen Kummer, bis mein Körper erschöpft unter dem Druck nachgab, den ich ihm auferlegte. Dann bekam ich einen Schnupfen, Magenschmerzen, Migräne oder einen Hautausschlag; meine Eltern wunderten sich. Sie verstanden nicht. Doch einige Tage später war es vorbei, mein Körper funktionierte wieder und alles ging seinen gewohnten Gang.

Ich blieb den ganzen Tag erschöpft unter meiner Decke, die Augen starr auf das Telefon gerichtet, das ich in der Hand hielt. Das war lächerlich, denn ich wusste, dass Sergei mich gar nicht anrufen konnte, und zwar aus dem einfachen Grund, da er meine Nummer nicht hatte. Hingegen hatte er mir die seine gegeben, die ich mit Bleistift und ohne Namenszusatz auf dem Vorsatzblatt eines meiner Lieblingsbücher notiert hatte. Doch ich verbot mir, diese gefährliche Nummer zu wählen; was, wenn Mascha abheben würde? Sergei hatte mir versichert, zwischen ihnen sei alles aus, aber konnte ich das glauben? Es gab so viele Lügen und spürbar Unausgesprochenes in unserer Geschichte. Sergei kannte auch meinen Familiennamen nicht, nur meine Adresse. Ich wusste aber, dass er nicht ohne Vorankündigung bei mir auftauchen würde. Er war viel zu taktvoll, um einfach an meiner Tür zu klingeln und da zu stehen, ohne zu wissen, ob mein Mann zu Hause war oder nicht. Mir war kalt, dann heiß und wieder kalt. Mein Magen knurrte vor Hunger, doch ich ging nicht das Risiko ein, etwas zu mir zu nehmen. Ich trank ein Glas Wasser und schlief einige Stunden. Ich dachte an Kamran. Auch er würde nicht anrufen. Dabei hätte ich gern seine Stimme gehört.

Dieses dringende Bedürfnis, mit ihm zu sprechen, war paradox, doch ich akzeptierte auch das. Ich war allein. Allein in meinem aufgewühlten Zustand. Niemand konnte etwas für mich tun. Ich hatte mich entschieden. Und ich musste die Konsequenzen, so schmerzhaft sie auch waren, hinnehmen.

Plötzlich im Laufe des Nachmittags, während ich gegen meine schwarzen Gedanken ankämpfte, fiel mir das Abschiedsgeschenk von Sergei ein. Kopfschmerzen und Übelkeit waren wie weggeblasen, und ich sprang auf, besessen von der Vorstellung, dass es verschwunden, verwischt oder inzwischen unlesbar sein könnte. Ich lief ins Bad, zog hektisch die drei Pullover aus, die ich vor Kälte zitternd übereinander gezogen hatte. Ich nahm einen Vergrößerungsspiegel und versuchte, den Rücken dem Wandspiegel zugewandt, vergeblich die Buchstaben einer Sprache zu entziffern, deren Alphabet ich nicht kannte. Diese wenigen Worte waren alles, was mir von Sergei blieb. Ich seufzte erleichtert: Sicher, ich konnte sie nicht übersetzen, aber zumindest waren sie, während ich schlief, nicht ausgelöscht worden. Vorsichtig kleidete ich mich wieder an und blickte in den Spiegel. Mein Gesicht war glatt, meine Haut klar, mein Teint strahlend. Meine leuchtenden Augen waren die einer verliebten und erfüllten Frau. Dabei war ich gebrochen und zerstört, doch die Erinnerung an die glücklichen Augenblicke war stärker als das heutige Leid. Hatte der Schmerz unserer Trennung also keine Macht über mich?

Als ich wieder im Salon war, betrachtete ich enttäuscht das Bücherregal. So viele Bücher, Alben, Anthologien, alle sorgfältig nach Autoren oder Titeln alphabetisch geordnet, aber kein russisches Lexikon ...

Nachdem ich eine Weile überlegt hatte, erwog ich, mich anzukleiden und auszugehen. Wenn ich mich zu Hause vergrub, würde ich keine Lösung für mein Problem finden. Ich musste laufen, Metro oder Bus fahren, ohne ein bestimmtes Ziel. Ich würde mich vom Zufall leiten lassen. Ich musste jemanden finden, einen Mann oder eine Frau, zu dem ich genug Vertrauen haben konnte, um mich vor ihm auszukleiden – Bevor ich aufbrach, zwang ich mich, etwas zu essen.

Eine Hand auf der Türklinke, in der anderen den Schlüsselbund, konnte ich mich nicht entschließen, wirklich zu gehen. Erneut verspürte ich das Bedürfnis, mich zurückzuziehen, allein mit meinem Schmerz in der Wohnung zu bleiben. In den Straßen von Paris Touristen zu spielen, am Seineufer entlangflanieren, die Düfte der Nacht einatmen und stundenlang über die Farbe des

Himmels oder ein Gedicht diskutieren, das war schön, mit Sergei. Mit ihm fühlte ich mich beflügelt und unbesiegbar. Ohne ihn war ich nur noch ein kleines zerbrechliches Wesen, unfähig irgendetwas zu unternehmen. Erschöpft kehrte ich um und ließ mich auf die Couch im Salon sinken. Ich war besessen von diesen Worten, die ich in mir trug, auf mir und gegen mich. Ja, ich musste Hilfe finden. Doch es lag nicht in meiner Natur, irgendjemanden um etwas zu bitten. »Roxane, du musst lernen, nur auf dich selbst zu zählen«, wiederholte mein Vater mir oft … Ich hatte diese Lektion behalten und häufig angewandt, doch heute stand mir mein Stolz im Weg. Automatisch blätterte ich in unserem privaten Adressbuch. Und schnell begriff ich: Jeder Name, jede Telefonnummer war im engeren oder weiteren Sinn mit Kamran verbunden …

Ich war allein.

Ich legte das Büchlein auf den Couchtisch zurück und streckte mich auf dem Sofa aus, die Hände auf der Brust gekreuzt, um meinen Herzschlag zu dämpfen. Plötzlich zeichnete sich vor meinem inneren Auge ein Gesicht ab. Es war nicht das von Sergei und auch nicht das von Kamran. Es war das eines alten Mannes mit faltiger Haut und verschleiertem Blick. Die müden Lippen schienen mir etwas zuzumurmeln … Ich richtete mich abrupt auf, verblüfft ob der Intensität, mit der sich mir eine noch nicht lange zurückliegende Begebenheit aufdrängte. Sie hatte sich vor gut drei Monaten zugetragen ... Es war an einem Wochentag. Nachdem die Buchhandlung geschlossen war, hatte ich einige Worte mit einer der Verkäuferinnen gewechselt. Da ich die Diskussion nicht fortsetzen wollte, brach ich sie unter einem Vorwand ab. Kamran war auf Reisen, ich hatte es also nicht eilig, nach Hause zu kommen. Ein kleiner Spaziergang würde mir gut tun und mir die Möglichkeit geben, die Anspannung des Tages zu vergessen. Ich stieg also in den Bus Nummer 63, der gerade vor mir seine Türen öffnete. Ich stempelte meine Fahrkarte und nahm auf einer Sitzbank im hinteren Teil Platz. Der Bus war voll, aber nicht überfüllt, was an einem gewöhnlichen Wochentag eher selten vorkam. Neben mir saß ein älterer Herr in ein dünnes Bändchen vertieft, das wie eine Gedicht- oder Novellensammlung aussah. Ich war neugierig und versuchte unauffällig, einen Namen oder einen Titel zu entziffern – das tue ich immer, wenn ich sehe, dass jemand von einer Lektüre gefesselt ist, egal, worum es sich handelt –, doch das halb verborgene Buch schien sein Geheimnis wahren zu wollen. Ganz so wie der Leser, dessen wohlgeformtes Profil ich bewunderte. Der Mann trug eine kleine runde Hornbrille, die ihm auf die Nasenspitze rutschte, sobald der Bus kräftig bremste. Dann rückte er sie ruhig wieder zurecht und las mit bewundernswerter Ruhe weiter. Wir hielten an mehreren Stationen, ohne dass er den Kopf gehoben hätte. Er schien in dem Bus zu sitzen, als wäre es ein Wartezimmer. Nach einer Weile fragte ich, von Neugier getrieben, und weil ich vermutlich unbedingt mit jemandem sprechen wollte:

»Monsieur, entschuldigen Sie meine Indiskretion, aber sind Sie sicher, nicht das Aussteigen vergessen zu haben?«

Er nahm die Brille ab und wandte sich mir zu. Sein Blick war der eines Mannes, der gelitten und vergeben hat. Dieser direkte, vielsagende Blick tat mir gut.

»Ich habe kein besonderes Ziel«, antwortete er gleichgültig.

»Ach ja?«

Plötzlich schämte ich mich für mein Verhalten. Allem Anschein nach suchte dieser Mann ein wenig Frieden und Einsamkeit. Mit meinen albernen Fragen hatte ich seine Ruhe gestört. Ich wollte mich schon entschuldigen, als er von sich aus mit freundlicher Stimme fortfuhr:

»Ich arbeite im Zentrum für Linguistik. Mein Büro liegt nahe der Place de la République am anderen Ende der Stadt! Ich bin schon alle Buslinien von Paris abgefahren!«

Ich lachte, belustigt über ein solch originelles Vorhaben, aber auch verständnisinnig, da ich mich selbst gern solchen Extravaganzen hingab. Sein Beruf hatte mein Interesse geweckt, und seine Freundlichkeit nahm mir die Angst, indiskret zu erscheinen.

»Mit welchen Sprachen befassen Sie sich im Besonderen?«

»Nun, ich spreche und schreibe elf verschiedene«, erwiderte er mit großer Bescheidenheit. »Aber ich bin auf slawische Sprachen spezialisiert, insbesondere auf Russisch. Russland und seine Geschichte faszinieren mich unglaublich, und ich habe mich eingehend mit der bolschewistischen Revolution befasst. Ich bin in Armenien geboren und habe diese Sprache bereits in meiner Kindheit erlernt.«

Er unterbrach sich und sah mich plötzlich prüfend ein.

»Und Sie sind ein Kind der Sonne, nicht wahr?«

Der ganz eigene Tonfall, in dem er seine Frage gestellt hatte, brachte mich ein weiteres Mal zum Lachen.

»Das kann man wohl sagen! Ich bin Iranerin, ich bin in Teheran geboren. Meine Familie musste das Land zu Beginn der islamischen Revolution verlassen …«

Der alte Herr hatte den Halteknopf gedrückt. Er sah mich eindringlich an, meine verlorene und verstörte Miene schien ihn zu rühren.

»Hier ist meine Karte. Sollten Sie einmal Hilfe brauchen, rufen Sie mich einfach an«, sagte er mit väterlich wohlwollender Stimme.

Gestärkt durch dieses friedvolle Erlebnis, nahm ich die Karte entgegen und steckte sie in meinen Taschenkalender, nicht ahnend, welch lebenswichtige Bedeutung sie drei Monate später für mich haben sollte. Bevor er hinter der nächsten Straßenecke verschwand, winkte er mir noch einmal kurz zu. Ich stieg eine Haltestelle später aus und hatte das Gefühl, auf einer weichen Wolke zu schweben.

Während ich diese Szene in einem Moment tiefster Verwirrung noch einmal Revue passieren ließ, hatte ich das Klingeln des Telefons nicht gehört. Und doch blinkte jetzt das kleine Lämpchen des Anrufbeantworters. Es war Kamran. Der Klang seiner Stimme durchströmte mich wie Honig, auch wenn mein ganzes Wesen stumm nach einer anderen Stimme verlangte, und vor allem nach einer Farbe: Blau. Aber ich wollte genesen, und so musste ich dieses Blau vergessen, seine Nuancen und seine Schattierungen, die mir den Boden unter den Füßen weggezogen hatten. Kamran war der Mann, mit dem ich alles teilte. Er war die Erde des Iran, der Duft der persischen Gärten, die lichtdurchflutete Architektur meiner Heimatstadt. Ich liebte Sergei auf eine Weise, die nicht für die Dauer geschaffen war. Ich liebte die Intensität des geteilten Augenblicks, aber auch dessen Flüchtigkeit. Sergei hatte noch viel Zeit. Ich nicht. Er würde eines Tages Kinder haben. Mit Mascha oder einer anderen. Ich nicht. Er würde reisen, studieren, ständig versuchen, seine Grenzen zu überschreiten und den Schmerz des Exils zu läutern. Er würde von Luft und Liebe leben und vielleicht von Lügen … Wie ich, gestern.

Aber es ist heute. Auf Regen folgt Sonnenschein, heißt es … Ich möchte glauben, dass nach dem Leid das Licht zurückkommt, dass die Sonnenfinsternis nur so lange dauert, um bis Du zu zählen, du, der Du mich, ohne es zu wissen, sanft ans Ufer trägst; an diesen Streifen Land, weit entfernt vom Blau deiner Augen, dort, wo das Wesentliche auf mich wartet.

Ich würde gerne wissen, was im Kopf derer vorgeht, die beschließen, alles zu verlassen, um zu vergessen. Welche Kraft steuert sie? Ist es ein Zeichen von Stärke oder Schwäche, jemanden zu verlassen?

Am nächsten Morgen wachte ich früh und eher fröhlich auf, bedenkt man, in welch zerbrechlichem Zustand ich mich befand. Ich schwankte am äußersten Rand der Frage – gehen oder bleiben –, so wie man auf einem Boot hin- und herschwankt, wenn man nicht weiß, in welche Richtung man das Ruder wenden soll. Und wieder ist eine Entscheidung zu treffen. Man müsste aufbrechen können, ja, aber ohne Gepäck! Die Worte zurücklassen, das Taxi und seine Musik, die Nacht und ihre Sterne, den Geruch der Haut und die Düfte, den Seidenschal, den man in einer regnerischen Nacht getragen hat, die Menükarten der Restaurants, die Spiegel, die Straßen … Man müsste, die Seele schwer von Ängsten und Zweifeln, und doch mit leeren Händen am Check-in-Schalter des Flughafens erscheinen können. »Die wahren Wandrer aber sind's die reisen/Nur um zu reisen – federleichter hauf!«, schreibt Baudelaire. Wäre ich dazu in der Lage? Und wenn ja: Wohin? Mir schien, die fernen Gefilde riefen meinen Namen und bereiteten die lebenswichtige Distanzierung von einer von Geburt an verdammten Liebe vor. Es ist gar nicht lange her, da loste ich mit »Kopf oder Zahl« ein Hotel aus. Ich würde die Weltkarte in meinem Taschenkalender aufschlagen, die Augen schließen und mit der Fingerspitze zufällig auf einen Punkt deuten.

Bevor ich reisen würde, nur um zu reisen, wollte ich meine Fähigkeit ausloten, ein Fragezeichen in einen Schlusspunkt zu verwandeln. Ich wollte diesen Mann kontaktieren, dem ich im Autobus begegnet war. Spontan hatte er mir seine Hilfe angeboten, jetzt wollte ich diese ausgestreckte Hand ergreifen und es herausfinden. Jemand würde mir laut sagen, was Sergei leise für sich gedacht und geschrieben hatte.

Beim Duschen an diesem Morgen hatte ich mich lange im Spiegel betrachtet. Normalerweise lieferte ich mich dem Wasserstrahl hemmungslos aus. Die Augen geschlossen, die Handflächen geöffnet, gab ich mich ihm hin. Heute jedoch hatte ich die Augen geöffnet gelassen und den Weg des Wassers aufmerksam verfolgt und dabei die Luft angehalten. Mit Wasser und Seife hätte ich Sergeis Botschaft leicht entfernen können. Keine Tinte vermochte dem energischen Reiben eines Waschhandschuhs oder eines mit Reinigungsmilch getränkten Wattebausches standzuhalten. Ich beschloss, diese Worte auf eigene Gefahr zu erhalten, sie auf gewisse Weise in Sicherheit zu bringen. Ich lehnte das Flüchtige ab und kämpfte doch gleichzeitig ums Vergessen ... All das hatte seinen Sinn verloren, doch ich war, zumindest im Augenblick, außerstande, ihn wem oder was auch immer zurückzugeben. Die Bedeutung dieser Botschaft zu kennen, war auch eine Art, ein Kapitel abzuschließen, diesen Fantastereien, die ich nicht zulassen durfte, ein Ende zu bereiten. Ich war zur Ehrlichkeit erzogen, gleichsam gedrillt. Das zu leugnen kam einem Leugnen meiner Wurzeln gleich.

Es war kurz nach neun Uhr, als ich die Telefonnummer des alten Professors wählte. Ich wusste nicht, wer abheben würde, noch, wie ich mich vorstellen sollte.

»Ja, bitte?«

»Guten Tag, ich würde gern mit dem Professor sprechen …«

»Der Professor ist im Augenblick sehr beschäftigt. Worum geht es?«

»Eine Privatangelegenheit.«

»Einen Moment bitte.«

Der Moment dauerte eine Ewigkeit. Die junge Frau hatte meinen Anruf in die Warteschleife geschaltet. Da ich fürchtete, zu spät in der Arbeit zu erscheinen, wollte ich schon auflegen, als sie sich endlich meldete.

»Entschuldigen Sie, ich habe Sie warten lassen, aber wir sind heute Morgen völlig überlastet. Könnten Sie in einer Stunde zurückrufen?«

»Nein!«

Diese brüske Antwort war mir spontan herausgerutscht. Ich verbesserte mich sofort:

»Wissen Sie, ich muss gehen. Ich muss ihn unbedingt jetzt sprechen. Können Sie ihm sagen, dass wir uns vor etwa drei Monaten in einem Bus der Linie 63 begegnet sind?«

Ich hörte die junge Frau am anderen Ende der Leitung seufzen. Sie legte den Hörer geräuschvoll auf die Schreibtischplatte. Ich wartete wieder klopfenden Herzens.

»Ja?«, erklang eine sonore Stimme, die ich unter tausenden erkannt hätte.

Er war es.

»Guten Tag, Professor. Ich weiß nicht, ob Sie sich noch an mich erinnern, wir …«

»Die Linie 63, ja, ich entsinne mich genau. Was kann ich für Sie tun?«

»Nun … Also, ich …«

»Ja?«

Sein Ton war noch immer herzlich, aber er schien wenig Zeit zu haben. Ich musste mich beeilen. Ganz sicher würde er mich für verrückt halten, doch im Grunde hatte ich nichts mehr zu verlieren. Ich nahm allen Mut zusammen und sagte:

»Kann ich in Ihr Büro kommen?«

»Nun ja … Warum nicht?«

Mit verlegener Stimme fuhr ich fort:

»Mir ist bewusst, wie sonderbar meine Bitte erscheinen muss, doch Sie waren so nett, mir Ihre Karte zu geben, deshalb dachte ich …«

»Einverstanden. Ich erwarte Sie hier, sagen wir gegen neunzehn Uhr?«

»Wunderbar. Danke, Professor.«

»Keine Ursache. Dann also bis heute Abend.«

Erleichtert legte ich auf. Meine Bitte musste ihm befremdlich oder unschicklich erschienen sein, doch ich zählte auf seine Intelligenz und seinen Scharfsinn, um meine Verwirrung herauszuhören und sich vorstellen zu können, dass ich mich in einer schwierigen Lage befand.

Ich konzentrierte mich in der Buchhandlung wieder auf meine Arbeit. Alles war wieder normal. Meine Kollegen betrachteten mich nicht mehr als ein aussterbendes Tier. Jeder kümmerte sich um seine Abteilung, um sein Fachgebiet, genau wie vorher. Jedes Mal, wenn ich ein Buch empfahl oder Ordnung in die ausländische Literatur brachte, dachte ich an Sergei. Ich dachte die ganze Zeit an ihn, selbst wenn ich nichts zu tun hatte. Ich erinnerte mich an unsere Gespräche, an unsere Küsse, an den Teesalon, dann an das Hotelzimmer und an dieses große Bett, das ich nie mehr hätte verlassen wollen. Ich rief mir all das in Erinnerung zurück und steckte mir gleichzeitig Ziele, um die Heilung zu beschleunigen: der Versuchung widerstehen, mich in die Nähe der Rue Jacob zu begeben, keinen russischen Tee mehr trinken, etwas anderes lesen als Gedichte, neue Restaurants ausprobieren, nicht mehr mit dem Taxi fahren und alle Farben lieben außer Blau ... Die Liste war lang, und es fehlte mir nicht an Vorstellungskraft, sie bei jeder Gelegenheit zu verlängern. Ich dachte auch an seine Worte, die er auf meinen Rücken geschrieben hatte, an diesen Satz, den ich wie eine zweite Haut trug. Was hatte Sergei also geschrieben? »Ich liebe Dich …«, »Ich kann nicht ohne Dich leben …«, »Bleib bei mir …«, »Vergiss mich nicht …« Sobald der Professor ihn mir übersetzt hätte, würde ich ihn auslöschen. Sofort, ohne mir Zeit zum Nachdenken zu nehmen. Nachdenken hieße erneut abzutauchen und zu ertrinken, doch ich wollte wieder schwimmen, in Frieden, in ruhigen Gewässern. Ich wollte in mein Bild zurückkehren, wie man nach Hause zurückkehrt, mit der Gewissheit, dass einem verziehen, dass man, was auch immer geschieht, geliebt und umsorgt wird.

Ich nahm die Metro bis zur Station République. Das Büro des Professors befand sich in der Rue du Temple, Nummer 118. Um Punkt neunzehn Uhr betrat ich die Aufzugskabine. Vierter Stock, die Tür gegenüber. Ich läutete, er öffnete mir. Sein freundliches, nachsichtiges Lächeln sagte mir, dass ich keinen Grund gehabt hatte, meine Kühnheit zu bedauern. Alles an ihm sprach von Verständnis und Mitgefühl. Ich erzählte ihm einen Teil unserer Geschichte. Er hörte mir aufmerksam zu. Schließlich kam der schicksalhafte Augenblick, da ich ihm meinen bloßen Rücken zeigen musste. Und obwohl ich mich zum Beispiel in einer Arztpraxis immer nur widerwillig und voller Scham entkleidete, empfand ich jetzt, als ich meine Bluse auszog, nichts von all dem. Dieser Mann hätte mein Vater sein können. Als ich meine linke Schulter und den Teil des Rückens, auf dem Sergeis Botschaft stand, entblößt hatte, näherte er sich ganz unbefangen und natürlich, fast professionell, und ich begriff, dass er das tat, um mir über meine Verlegenheit hinwegzuhelfen. Er wollte mir den Eindruck vermitteln, dass er ein einfaches Dokument übersetzen würde. Er trug mit sanfter Stimme vor:

»Ich weiß, Du warst es.«

»Sind … Sind Sie sicher?«, fragte ich im Schock.

Er nickte.

»Ganz und gar.«

»Aber manche Buchstaben sind vielleicht verwischt …«, beharrte ich. »Das Wasser, das Reiben der Kleidung …«

»Nein. Ein Irrtum ist ausgeschlossen. Aber ich kann gut verstehen, wenn Sie eine zweite Meinung einholen wollen …«

»Nein. Nein, entschuldigen Sie. Ich glaube Ihnen. Es ist nur so, dass …«

»Sie haben nicht damit gerechnet, stimmt's?«

»So ist es …«

»Kann ich sonst noch etwas für Sie tun?«

»Nein. Das ist alles … Ich brauche frische Luft.«

Ich durfte nicht vor diesem Mann zusammenbrechen oder losweinen. Ich hatte das dringende Bedürfnis, allein zu sein, frei, vor Schmerz zu schreien oder auf die Knie zu fallen, wenn mir danach war. Mit kaum wahrnehmbarer Stimme dankte ich dem Professor noch einmal, dann steuerte ich mit leerem Kopf und schmerzlich verkrampftem Herzen auf die Tür zu. Der Aufzug war besetzt. Ich nahm die Treppe und wäre fast über den Läufer, der sie bedeckte, gestolpert. Meine Beine, schwer wie Blei, gaben unter dem Gewicht meines Kummers fast nach. Ich weiß, Du warst es … Mit jedem Schritt, den ich machte, schien dieser Satz den Himmel wie ein Blitz zu zerreißen. Ich trat auf die Rue du Temple in einem Viertel, das ich wenig kannte und das mir plötzlich feindselig erschien. Es regnete wie an jenem Abend im März, als unsere Blicke sich zum ersten Mal trafen. Die Augen tränenverschleiert, überquerte ich die Place de la République und stieg in den ersten Metroeingang, der sich mir bot. Sergei kannte also mein Geheimnis. Er hatte erahnt, was ich verzweifelt versucht hatte, ihm zu verheimlichen. Er wusste es, aber vielleicht wusste er nicht, dass ich es jetzt wusste. Vielleicht dachte er, dass ich nach meinem Aufbruch darauf verzichten würde, mir diese Botschaft übersetzen zu lassen, dass ich alles auslöschen würde, um zu vergessen.

Niemals wird er wissen, wie mich seine letzte Enthüllung erschüttert hat. Niemals würde ich wissen, in welchem Moment ihm klar wurde, was ich ihm liebend gerne offenbart hätte, aber verschweigen musste. Jeder für sich werden wir mit diesen Geheimnissen, diesen Vermutungen, diesen stillen Fragen weiterleben müssen, ohne jemals eine Antwort darauf zu bekommen.

Nach den Tränen, nach dem Regen, weit entfernt vom Tumult unserer Herzen und vom Kummer unseres Exils, gibt es diese Hoffnung auf ein Anderswo, das dich erwartet, das uns erwartet. Das kann ein Stern am Himmel sein, ein vorbeihuschender Engel, eine Mondfinsternis oder eine Farbe, deren Nuancen sich im Unendlichen verlieren.

Das bist du.

Dank der Autorin

Ich danke Marike dafür, dass sie an mich geglaubt hat; Judith für ihre Sensibilität und ihr Wissen; Julien für sein künstlerisches Talent; Yann, Barthélémy und Vincent für ihren Perfektionismus; Véronique für ihren Enthusiasmus.

Ich danke meinen Eltern und meinem Bruder, mir seit meiner Geburt der Iran gewesen zu sein; meinen Schwiegereltern für ihre Unterstützung.

Ich danke Jounam für die Liebe, die er mir schenkt; meinen Kindern Philipp, Frederik und Roya dafür, mir die Inspiration für mein Leben gegeben zu haben.

Impressum

www.collection-rolf-heyne.de

Die französische Originalausgabe erschien 2007 unter dem Titel »Sans te dire adieu« bei Le Passage.

1. Auflage 2008

Übersetzung aus dem Französischen: Eliane Hagedorn, München
Umschlaggestaltung: Hauptmann & Kompanie, München – Zürich, David Hauptmann
Umschlagbild: Leslie Aggar, Trevillion Images
Druck und Bindung: Ebner & Spiegel, Ulm

Printed in Germany.

ISBN 978-3-89910-412-7